Elisa Lark

Hochsitzopfer

Provinzkrimi

Personen und Handlungen sind frei erfunden. Jede Ähnlichkeit mit echten Personen, lebend oder tot, sind rein zufällig und nicht beabsichtigt.

Kurzbeschreibung

Ein Mord in ihrem Heimatort bewegt die Münchner Polizistin Franziska Huber dazu, nach Hause zu fahren und auf eigene Faust zu ermitteln. Immerhin wurde die tote Stripperin auf dem Hochsitz von Franziskas Vater gefunden, der sich nun beschwert, weil ihm das ganze Polizeiaufgebot die Jagd versaut. Während die Mama jeden Streit mit Hausmannskost versucht zu schlichten, ist die Oma um Franziskas Liebesleben besorgt.

Ihr Bruder Michi hingegen gehörte zu der Partygesellschaft, die das Opfer engagiert hatten, um bei einem Junggesellenabschied die Stimmung aufzuheizen. Zu allem Überfluss ist der Leiter der Ermittlungen auch noch ein ehemaliger Schulkamerad von Franziska, der ihr bereits in der Schule das Leben schwer gemacht hat.

1. Kapitel

15. Juni, morgens halb neun in München

„Frau Huber, gibt´s schon Neuigkeiten zu der Einbruchserie?“

Oberkommissar Weiderer kommt wie jeden Morgen viel zu spät auf die Dienststelle. Dafür bewaffnet mit zwei Leberkässemmeln und einem Krapfen. Zum Mittagessen verdrückt er dann im Hofbräuhaus einen Schweinsbraten oder gar eine Haxe und was er sich abends noch alles reinzieht, möchte ich gar nicht wissen.

Man sieht ihm seine Essgewohnheiten an, was ja grundsätzlich normal ist. Nicht normal jedoch ist es, dass er sich fragt, warum er ständig zu- statt abnimmt. Natürlich bin ich nicht völlig bescheuert und behalte meine Erklärung für mich. Immerhin möchte ich noch länger hier arbeiten und nicht strafversetzt werden.

Schließlich hat es lange genug gedauert, bis ich in die Großstadt gezogen bin. Ich bin ein waschechtes Dorfmädel. Aufgewachsen in Oberhunding auf einem Bauernhof. Neben meinem älteren Bruder und meinen Eltern, lebt auch noch meine Oma auf dem Hof. Vor drei Jahren habe ich den Absprung geschafft und der Provinz den Rücken gekehrt.

„Wir haben die Zeugen befragt und ich gebe gerade die Fahndung raus. Phantombilder haben wir auch, also sollte es nicht allzu lange dauern, bis wir die Täter geschnappt haben.“

Weiderer nickt mir zufrieden zu, dabei ist es ihm ziemlich einerlei, wie wir die Kerle schnappen, die Hauptsache für ihn ist, dass am Ende seine Bilanz stimmt und er sich nicht vor seinen Vorgesetzten rechtfertigen muss, warum zu viele Fälle ungeklärt bleiben.

Er geht in sein Büro und schließt die Tür hinter sich. Keine Minute später hören wir seinen Kaffeevollautomaten rattern. Unser werter Herr Vorgesetzter gibt sich nämlich nicht mit der Plörre aus dem Automaten im Plastikbecher zufrieden. Er hat eine luxuriöse Kaffeemaschine, mit der er anständigen Kaffee zubereiten kann.

Natürlich behauptet er, diese privat bezahlt zu haben, doch seien wir uns mal ehrlich; das Gerät war an die Dienststelle adressiert. Ich weiß es, denn ich habe sie vom Paketboten entgegengenommen, weil Weiderer gerade beschäftigt war. Und da möchte er uns allen Ernstes erzählen, dass er sie privat bezahlt hat? Ich wette sie wird in irgendeinem Inventarbogen aufgelistet und als Betriebsbedarf der Polizei abgeschrieben.

Sei´s drum!

„Huberin, auf geht´s! Pack mas!“

Mein werter Kollege Stefan steht breitbeinig, mit seinen Daumen im Waffengürtel vor mir und sieht auf mich herab. Er sieht nicht nur aus wie ein arroganter Obermacho, er ist auch einer. Dabei gibt es gar keinen Grund dafür, denn da ist nichts an ihm, auf das er sich etwas einbilden könnte.

Abgesehen von seiner Waffe und die ist in diesem Gebäude nicht wirklich außergewöhnlich, weil sie fast jeder hat. Trotzdem führt Stefan sich immer auf, als wäre er der Krösus persönlich und ich habe auch noch das Vergnügen mit ihm Streife zu fahren.

Ich stoße den Atem seufzend aus, während ich mich von meinem Schreibtischstuhl erhebe.

„Was steht an?“, frage ich missmutig.

Bis vor zwei Wochen bin ich mit Matthias Streife gefahren, aber der hat leider seine Stelle gewechselt, weil er mit seiner Frau in einer Kleinstadt ein Haus gekauft hat. Er hat gemeint, dass man Kinder besser nicht in der Großstadt aufwachsen lässt. Vermutlich hat er damit recht. Leider bedeutet dies für mich, dass ich Stefan am Hals habe.

„Eine Schlägerei!“, antwortet er ungeduldig und verlässt das Büro.

Ich werfe meiner Kollegin Moni einen genervten Blick zu, den sie mitleidig erwidert. Vermutlich tue ich ihr leid, denn auch sie kann Stefan nicht ausstehen. Sie hat ihn allerdings nicht an der Backe, sondern darf mit dem schönen Simon zusammenarbeiten.

Bin ich neidisch?

Ein bisschen!

Als wir bei dem Mehrfamilienhaus ankommen, erwartet uns bereits eine Bewohnerin. Sie stellt sich als diejenige vor, die uns gerufen hat.

„Ich glaube er schlägt seine Frau“, ruft sie uns schon von Weitem zu und fuchtelt hektisch in Richtung Eingang.

„Welches Stockwerk?“, frage ich, während ich auf die Frau zusteuere.

„Drittes! Sie hören es schon im Treppenhaus!“, entgegnet sie aufgebracht.

Stefans schwere Schritte sind direkt hinter mir. Ich öffne die Tür und tatsächlich ist das Gebrüll bereits zu hören. Stefan legt seine Hand auf meine Schulter und hält mich zurück, als ich die erste Stufe nehmen möchte.

„Bleib hinter mir!“, knurrt er im Befehlston und ich rolle mit meinen Augen.

„Du weißt schon, dass ich die gleiche Ausbildung wie du habe?“, frage ich vorwurfsvoll.

„Ja, aber du bist eine Frau. Außerdem reißt dein Alter mir den Kopf ab, wenn dir ein Haar gekrümmt wird.“

Genervt stoße ich den Atem aus, als er Manuel erwähnt. Nein, Stefan meint mit dem Ausdruck „Alter“ nicht meinen Vater, sondern meinen Freund. Mit ihm bin ich seit einem halben Jahr zusammen und er ist Staatsanwalt. Das bedeutet, dass auch die meisten meiner Kollegen ihn kennen und daher wissen, dass er sehr um meine Sicherheit besorgt ist.

Keine Ahnung warum man sich eine Polizistin als Freundin zulegt, wenn man mit ihrem Beruf nicht klarkommt. Nicht, dass jetzt der Eindruck entsteht, ich würde meinen Freund nicht mögen. Wenn man von seinem übertriebenen Beschützerinstinkt absieht, ist er quasi perfekt.

Ob er die große Liebe ist, weiß ich nicht. Aber mal ehrlich, was ist schon die große Liebe. Früher oder später sind doch in jeder Beziehung die Schmetterlinge weg und werden durch Magengeschwüre ersetzt.

Nach mehrmaligem erfolglosem Klopfen gegen die Tür und lauten Aufforderungsschreien, die Bewohner sollen diese öffnen, tritt Stefan schließlich selbige ein. Eins muss man ihm lassen, rohe Gewalt kann er gut!

Während Stefan sich den prügelnden Ehemann schnappt und diesen zu Boden wirft, rufe ich einen Krankenwagen und kümmere mich um die verletzte Frau. Ihre Lippe ist aufgeplatzt und auf ihrem rechten Auge thront ein ausgewachsenes Veilchen.

Ich werfe dem Mistkerl einen verachtenden Blick zu, während ich beruhigend auf die schluchzende Frau einrede. Es dauert nicht lange, bis die Sanitäter eintreffen und ich die Verletzte übergeben kann. Anschließend verlasse ich die Wohnung und laufe die

Treppe hinunter auf die Straße, wo Stefan den Schläger bereits im Streifenwagen verstaut hat.

Ungeduldig lehnt er an der Motorhaube und tippt mit seinem Fuß auf den Boden, während er seine Arme vor der Brust verschränkt hat.

„Na endlich!“, brummt er und umrundet den Wagen, um einzusteigen.

„Entschuldige, dass du warten musstest, gnädiger Herr.“ Meine Stimme trieft vor Ironie. „Aber ich konnte die arme Frau ja nicht alleine lassen, nachdem der sie so zugerichtet hat.“

Ich deute mit dem Kinn auf den Rücksitz, bevor ich einsteige und strafe den Verhafteten mit fuchsteufelswilden Blicken. Wie ich solche Typen verachte, die gegen ihre wehrlosen Frauen die Hand erheben.

Die würden mal eine gescheite Abreibung verdienen. Stattdessen zeigen die meisten geprügelten Ehefrauen ihre Männer nicht einmal an, sondern schützen diese auch noch. Ich verstehe es einfach nicht, denn würde gegen mich ein Kerl die Hand erheben …

Aber lassen wir das!

Auf der Dienststelle angekommen führen wir den Kerl durch den Gang auf eine der Zellen zu, als ich Monis laute Stimme rufen höre.

„Franzi, deine Mama ist am Telefon!“

„Ich ruf sie zurück!“

„Aber ich glaube es ist dringend!“

Ich sehe zu Stefan, der mir mit einem knappen Kopfnicken andeutet, dass er mit dem Kerl alleine fertig wird.

„Verzupf dich!“, brummt er.

Man kann ja von ihm denken was man will. Aber manchmal kann er auch direkt nett sein.

Als ich das Büro betrete, hält Moni mir schon den Telefonhörer entgegen. Mit einem unterdrückten Stöhnen nehme ich ihn entgegen und halte ihn an mein Ohr.

„Hallo Mama, was gibt´s denn so Dringendes?“

„Franzi, du musst sofort heimkommen!“

Meine Mutter hört sich ziemlich aufgelöst an und wenn man bedenkt, dass sie mit der Oma, meinem Papa und meinem Bruder Michael unter einem Dach wohnen muss, und sie daher nix so schnell aus der Ruhe bringen kann, muss es tatsächlich etwas Ernstes sein.

„Ja was ist denn passiert, Mama?“, frage ich nun doch etwas nervös.

„Bei uns ist jemand um´bracht worden!“, antwortet sie aufgebracht.

„In Oberhunding?“, entgegne ich ungläubig, denn wer um Himmels Willen soll denn in unserem beschaulichen Dorf einen Mord begehen?

„Ja, stell dir das vor!“

„Und wer ist der Tote?“

„Er, ist eine Frau. Ein junges Madl, die keiner kennt.“

„Also niemand vom Dorf?“

„Nein!“

„Habt´s Polizei doch hoffentlich schon angerufen?“

„Mach ich doch grad!“

„Mama, du musst die örtliche Polizei verständigen. Ich bin bei euch nicht zuständig.“

„Ja, des hat der Zollner Schoß schon gemacht.“

„Herrschaftszeiten, Mama! Lass dir doch nicht alles aus der Nase ziehen. Sind´s schon da?“

„Wer?“

„Die Polizei!“, stöhne ich genervt und lege meine Hand auf meine Stirn.

Moni sieht mich mitleidig an, kann sich allerdings ein Schmunzeln nicht verkneifen.

„Die Kripo ist da! Die haben alles abgesperrt und vernehmen grad den Papa.“

„Was? Ja, warum denn an Papa?“

„Na, weil die Tote auf seinem Hochsitz gefunden worden ist. Was glaubst denn du eigentlich warum ich dich anrufe, dass du kommen sollst?“

Nun ist sie es die einen vorwurfsvollen Unterton anschlägt, während ich ungläubig den Kopf schüttle.

„Also was ist? Kommst jetzt?“, fragt meine Mama nach einer Weile der Stille.

„Freilich“

Als ob ich unter diesen Umständen noch eine andere Wahl hätte. Eine tote junge Frau auf dem Jagdsitz meines Papas und keiner kennt sie!

Dabei ist doch Oberhunding ein verschlafenes Dorf mit gerade mal um die 1000 Einwohner, davon sind mindestens 99,9999 % nicht gewalttätig, wenn man von einer gelegentlichen Rauferei oder einer saftigen Watschn absieht. Aber Mord!

Nein, des kann unmöglich jemand vom Dorf gewesen sein. Das muss ein Zug´reister sein Unwesen treiben. Da bleibt mir wohl nix anderes übrig, als mich selbst auf Spurensuche zu begeben.

2. Kapitel

15. Juni, mittags halb zwei in Oberhunding

Manuel war natürlich nicht begeistert, als ich ihm von meinen Plänen erzählt habe. Auch die Freudenschreie vom Weiderer, als ich auf unbestimmte Zeit Urlaub beantragt habe, hielt sich in Grenzen. Dennoch bin ich jetzt hier, auf dem Hof meiner Eltern.

Meine Mama stürmt mir entgegen, während ihre Schürze im Wind flattert. Mit weit ausgebreiteten Armen ruft sie theatralisch meinen Namen, als hätte sie mich seit Ewigkeiten nicht mehr gesehen (dabei war ich erst vor zwei Wochen zu Besuch hier) und fällt mir schließlich um den Hals.

Mein Papa kommt soeben aus dem Stall und hält eine Mistgabel in der Hand, während er ebenfalls auf mich zukommt. Bei ihm ist es allerdings weniger die Freude, die ihn zu mir treibt. Er ist nicht so der nahbare, überschwängliche Typ. Vielmehr so der Distanzierte, Zurückhaltende. Bei uns sagt man halt ein Grantler!

„Hast dir aber ganz schön Zeitlassen“, grummelt er und rammt die Mistgabel neben mir ins Gras, vermutlich, um seinen Unmut kundzutun.

„Entschuldige, aber ich habe mich noch umziehen müssen. Ich bin so schnell kommen, wie es mir möglich war“, verteidige ich mich.

„Geh´ ma!“, brummt er in seinen Bart und steuert auf seinen Bulldog zu.

„Hast du überhaupt schon was gegessen?“, wirft meine Mama besorgt ein.

„Das kann´s später auch noch! Zuerst soll sie schauen, dass die da oben mir ned das ganze Wild verjagen!“

„Können wir nicht mit dem Auto fahren?“, frage ich, während mein Papa den Bulldog besteigt.

„Wir müssen ganz rauf!“

Das bedeutet also nein. Die Forstwege sind nicht unbedingt auf Autos ausgerichtet. Schon gar nicht für so einen sportlichen Flitzer wie den meinen. Ein Mini Cooper ist eben kein Geländewagen.

Daher klettere ich auf den Traktor und setze mich auf das kleine Brett, was sie einem tatsächlich als Beifahrersitz verkaufen wollen. Dabei ist es nicht nur hart und unbequem, sondern auch nicht viel mehr als ein Schaukelbrett. Einen dicken Hintern bräuchtest da nicht haben. Meiner passt geradeso rein!

Als wir endlich am Tatort ankommen, wimmelt es nur so von schwarzen SUV´s und Polizisten.

„Schau dir das an. So ein Aufruhr, da werde ich wohl die nächsten Monate nix mehr vor die Flinte kriegen“, murmelt mein Papa grimmig. „Außerdem treten sie alle meine neu gepflanzten Fichten nieder!“

Ich ignoriere das mürrische Geschwätz meines Vaters und springe vom Traktor. Anschließend zücke ich meinen Dienstausweis und übertrete den abgesperrten Bereich.

„He, Sie können da nicht einfach rumspazieren! Das ist ein Tatort“, ruft mir einer der Polizisten zu.

„Genau darum bin ich da“, entgegne ich und halte ihm meinen Ausweis unter die Nase.

„Also gut! Aber der muss Abstand halten.“

Mit dem, meint der Kollege meinen Papa, der ihn mit seinen Blicken gerade erdolcht.

„Das ist mein Grund und Boden!“, ruft mein Papa wütend.

„Jetzt ist es ein Tatort. Wenn wir fertig sind, dann gehört er wieder ihnen.“

„Papa, überlass das mir und fahr du nach Hause. Ich kümmere mich darum“, werfe ich beschwichtigend ein, bevor das Ganze aus dem Ruder läuft.

Während er sich grummelnd abwendet, lässt er seine Hand durch die Luft sausen, was so viel bedeutet wie, leckt´s mich doch am Arsch! Als die Gefahr durch meinen Vater gebannt ist, wende ich mich wieder dem Beamten zu.

„Wer ist der Einsatzleiter?“

„Oberkommissar Greiner“, antwortet er, was mir augenblicklich die Sprache verschlägt.

Ich wende mich um und blicke zum Ort des Geschehens, um mich zu vergewissern, dass ich mich auch nicht verhört habe. Leider nicht, denn dort steht tatsächlich Sebastian Greiner, ein alter Schulfreund. Wobei die Bezeichnung Freund etwas übertrieben wäre, denn das war er keineswegs. Er ging ein paar Klassen über mir und ich habe ihn gehasst.

Er hat mich im Gymnasium ständig gehänselt und sich über meine Zahnspange lustig gemacht. Dabei war das Teil bitternötig, denn ohne diese Korrektur hätte ich vermutlich heute noch Eckzähne wie ein Vampir.

Als könnte er meinen Blick auf sich spüren, vielleicht hat er auch einfach nur seinen Namen gehört, sieht er zu mir. Seine Mundwinkel heben sich zu einem Grinsen, was einer Mischung aus Freude und Überheblichkeit gleicht, und er steuert direkt auf mich zu, während ich wie angewurzelt dastehe.

Verdammt der Kerl hat sich gut gemacht. Gut gebaut, Dreitagebart, dichte Haare auf dem Kopf, was ja bei Männern in seinem Alter nicht immer der Fall ist, und ein charmantes Lächeln.

„Wen haben wir denn da? Die Huber Franzi. Lang nicht mehr gesehen, aber gleich wiedererkannt, gell Vampi!“

Und schon ist der Moment, indem ich dachte, er könnte vielleicht nicht mehr der Arsch von früher sein, vorbei. Diesen Spitznamen hat er mir in der

Schule verpasst und ich wurde ihn die ganze Schulzeit über nicht mehr los.

„Fesch bist worden!“, sagt er anerkennend, als er bei mir ankommt und mustert mich von meinem blonden Schopf bis zu meinen Füßen, die in schwarzen hochhackigen Schuhen stecken.

Zugegeben nicht gerade passend zur Verbrecherjagd, doch kann man es mir wirklich verdenken, dass ich außerhalb meines Dienstes auch mal ausschauen möchte wie eine richtige Frau? Daher trage ich meine schulterlangen Haare in meiner Freizeit auch meist offen und die Uniform habe ich heute gegen eine enge Jeans und eine hellblaue Bluse getauscht.

„Was machst denn da?“, fragt er weiter, als er mit seiner Musterung fertig ist und ihm offensichtlich gefällt, was er sieht.

„Der Hochsitz gehört meinem Papa und ich werde euch bei den Ermittlungen helfen.“

Er wirft einen Blick auf meinen Dienstausweis, den ich ihm unter die Nase halte und nickt anerkennend.

„Hab schon gehört, dass du dich jetzt durch den Großstadtdschungel kämpfst. Wir finden den Täter aber auch ohne Unterstützung von euch Städter.“

„Na ja, ich habe Urlaub und bin sozusagen auf Heimatbesuch. Also kann ich euch auch helfen. Ich kenne die Leute hier im Dorf und ich bekomme vielleicht mehr raus, als ein Fremder.“

Natürlich ist Sebastian nicht wirklich ein Fremder. Er weiß was ich damit meine, denn er kommt aus einem Nachbarort und hier bei uns am Dorf gelten noch andere Regeln. Genaugenommen ist jeder ein Fremder, der außerhalb der Dorfgrenzen aufgewachsen ist.

Er zuckt die Schultern und geht auf den Hochsitz zu.

„Wenn du meinst! Wir haben eh einen Haufen Arbeit und es fehlt uns an Leuten."

Ich folge ihm und kann noch einen Blick auf die Leiche werfen, bevor sie diese einpacken und abtransportieren. Es handelt sich um eine junge, leichtbekleidete Frau mit langen dunklen Haaren. Ich klettere ein paar Sprossen der Leiter empor, um eine bessere Sicht auf die Frau zu haben, wobei ich darauf achte mit meinen unpassenden Schuhen nicht abzurutschen.

Sie ist stark geschminkt und ihr knallroter Lippenstift ist verschmiert, so als hätte sie wild herumgeknutscht. Außerdem hat sie nicht mehr am Leib, als eine schwarze Hotpant, die fast als Unterhose durchgeht und ein weißes Top, das lediglich das Nötigste bedeckt. Am rechten Fuß trägt sie einen schwarzen Stöckelschuh, dessen Absatz halsbrecherisch hoch ist. Wenn ich sie mir so ansehe, könnte sie auch eine Professionelle sein. Aber was soll denn eine solche bei uns in Oberhunding machen?

Die Gerichtsmedizinerin nimmt gerade die letzten Proben, während unten schon die Kollegen mit dem Leichensack bereitstehen. Am Hals der Frau befinden sich Würgemale, ansonsten erkenne ich keine Verletzungen.

„Wurde sie erwürgt?“

„Ja, der Tod muss letzte Nacht, zwischenMitternacht und den frühen Morgenstunden eingetreten sein. Genaueres kann ich aber erst nach der Obduktion sagen.“

„Also was sagst?“, fragt mich Sebastian, als ich wieder runtersteige.

„Die muss irgendein Fremder da abgelegt haben. Vom Dorf hat die gewiss keiner gekannt.“

„Schau ma mal! Ich melde mich bei dir, falls es was Neues gibt.“

„Und ich mich bei dir!“, entgegne ich ihm entschlossen.

Er wirft mir einen misstrauischen Blick zu und ist offensichtlich noch nicht ganz überzeugt, dass es eine gute Idee ist, wenn ich in dem Fall ermittle. Was mir aber wurscht ist, denn wenn auf dem Grund und Boden meiner Eltern eine halbnackte Tote gefunden wird, dann möchte ich schon wissen, wer´s war!“

3. Kapitel

15. Juni, nachmittags halb vier in Oberhunding

Als die Spurensicherung fertig ist und Sebastian mich auf dem Hof meiner Eltern abgesetzt hat, hole ich meinen Koffer aus dem Auto und schleppe ihn zum Haus. Hier ist nix geteert oder gepflastert, sondern lediglich mit Kies aufgeschüttet. Daher helfen mir die Rollen an meinem schicken Trolley auch gar nicht, sondern sind eher hinderlich. Es bleibt mir nichts anderes übrig, als den schweren Koffer zu tragen, während mir mein werter Bruder dabei zusieht und keine Anstalten macht, mir zu helfen.

„Servus Franzi!", grinst er mich an und kaut an einem abgerissenen Grashalm, während seine Hände in der Hosentasche stecken.

„Magst mir nicht helfen?"

„Mögen nicht, aber ich tu es trotzdem", entgegnet er belustigt.

Als er meinen Koffer anhebt, als wäre er federleicht und ihn ins Haus trägt, folge ich ihm. Er wirft einen Blick über die Schulter zurück.

„Mama wartet in der Küche mit dem Essen auf dich."

Das trifft sich gut, denn ich bin kurz vorm Verhungern!

Die Oma sitzt am Küchentisch und strikt Socken, als ich reinkomme. Als sie mich sieht, heben sich ihr Mundwinkel und sie legt Nadeln und Wolle beiseite. Da sie bereits knapp 80 Jahre alt ist und ihr ganzes Leben lang hart gearbeitet hat, tut sie sich schwer mit dem Aufstehen. Dennoch stemmt sie ihre Hände auf die Tischplatte und hievt sich hoch. Leicht gebückt kommt sie auf mich zu. Ihre grauen Haare hat sie zu einem Dutt hochgesteckt und ihr Schürzenkleid kenne ich noch aus meiner Kindheit. Sie war schon immer eine genügsame, resolute Frau, die ihr Herz auf der Zunge trägt. Von ihr bekommt man die Wahrheit zu hören, ob man will oder nicht.

Sie streckt ihre faltige Hand nach mir aus und tätschelt mir die Wange, als sie bei mir ankommt.

„Schön, dass du wieder mal da bist, Madl! Aber Freund hast immer noch keinen. Möchtest du vielleicht als alte Jungfer enden?“

Für meine Oma gibt es wohl keine schlimmere Vorstellung, als dass ich übrigbleibe, wie sie immer so schön betont. Dabei kann ich auch nichts dafür, dass das männliche Geschlecht so seine Probleme mit mir hat. Nein, stimmt nicht. Umgedreht!

Ich habe so meine Probleme mit ihnen. Meine Mama sagt immer ich wäre g´schleckert. Was so viel bedeutet, wie für mich wäre keiner gut genug. Dabei stimmt das überhaupt nicht, denn bei Manuel gebe ich mir wirklich Mühe. Ich sehe über das ein oder andere Detail hinweg, auch wenn es mich stört.

Zum Beispiel ist er schrecklich ordentlich. Also so richtig, wenn ihr versteht was ich meine. Wenn er beim Kochen eine Platte benutzt, deckt er die anderen mit Zewatüchern ab. Nicht nur, dass dies völlig übertrieben ist; brandgefährlich ist es obendrein.

„Oma, ich habe einen Freund."

„Und warum haben wir den noch nicht zu Gesicht kriegt? Ist er sich zu schön, um sich bei uns vorzustellen?"

Wie gesagt, meine Oma trägt ihr Herz auf der Zunge und ich schüttle schmunzelnd den Kopf, als ich mich mit ihr an den Tisch setze.

„Nächstes Mal bring ich ihn mit, versprochen!"

Meine Mama stellt einen gut gefüllten Teller vor mir ab, bei dessen Anblick mein Magen sofort anfängt zu knurren. Schweinebraten mit Sauerkraut und Semmelknödel. Meine Leibspeise!

Beherzt greife ich zu und genieße den vertrauten Geschmack im Mund. Manuel steht mehr auf die gehobene Küche, wo zwar nicht viel am Teller liegt, aber dafür ein Heidengeld kostet. Außerdem achtet er auf seine Ernährung und isst bevorzugt gesunde, fettarme Kost.

Noch so ein Punkt, wo uns geradezu Welten trennen. Ich steh auf Fleisch, egal in welcher Form und von welchem Tier. Immerhin bin ich die Tochter eines Bauers und Jägers. Wenn ich als Kind kein Fleisch gegessen hätte, wäre ich vermutlich verhungert.

Als ich die letzten Bissen in den Mund schiebe, kommt auch mein Bruder zur Tür hereinspaziert und setzt sich an den Küchentisch. Erwartend sieht er zu meiner Mama.

„Gibt´s schon an Kaffee?"

Ich verdrehe die Augen und sehe ihn vorwurfsvoll an. Er ist so ein typischer Obermacho, der sich liebend gerne von unserer Mama bedienen lässt. Eigentlich kann er ja nichts dafür, denn mein Papa ist auch nicht besser. Hier am Hof herrschen noch die alten Arbeitsverteilungen. Die Frau ist für den Haushalt zuständig, der Mann für den Rest.

Bei Manuel und mir ist das nicht so. Er kocht um ein Vielfaches besser als ich, dafür schaffe ich es einen Nagel gerade in die Wand zu schlagen. Manchmal wünschte ich, er wäre etwas mehr Mann, aber man kann schließlich nicht alles haben.

Keine paar Minuten später breitet sich in der Küche der Duft von frischem Kaffee aus. Nicht so wie in München, wo es fast in jedem Haushalt einen Kaffeevollautomaten gibt. Nein, es gibt den guten alten Filterkaffee, mit Milch frisch von der Kuh und einen frischen Hefezopf, den meine Oma mit der Hand angerührt hat.

Ich bin eigentlich pappsatt, aber wie soll man bei einer solchen Köstlichkeit widerstehen?

Gierig verdrücke ich ein Stück, während mein Bruder sich beinahe den halben Zopf einverleibt. Wie der seine Figur hält, ist mir schleierhaft. Auch wenn die Arbeit am Hof schwer ist und sicherlich einige Kalorien verbrennt, soviel wie der in sich reinstopft müsste er kugelrund sein.

„Oma, magst auch a Haferl?“, fragt meine Mama.

„Freilich!“

Als sich schließlich auch der Papa zu unserer Kaffeerunde gesellt, beginne ich mit meinen Ermittlungen.

„Also, was wisst ihr über den Mord?“

„Da Zollner Schoß ist heute vor Sonnenaufgang auf an Bock angesessen. Natürlich hat er keinen erwischt, so wie meistens. Heimgegangen ist er dann über unseren Wald und da ist er auch an meinem Hochsitz vorbeikommen. Als er herunten über einen Weiberschuh gestolpert ist, hat er sich gewundert und dann die Tote entdeckt.“

„Und keiner hat sie jemals zuvor gesehen?“

„Nicht vor gestern“, brummt mein Bruder kauend und mit vollem Mund.

„Wie gestern?“, hake ich hellhörig nach.

„Mein Freund, der Miethaner Hias, lässt sich ja übernächste Woche an Ketten legen und da haben wir gestern seinen Junggesellenabschied gefeiert. Die Tote, war die Stripperin, die wir bestellt haben.“

„Moment, soll des heißen, du hast die Frau kurz vor ihrem Tod noch gesehen?“, frage ich ungläubig, weil ich nicht glauben kann, dass er mit dieser Information erst jetzt und so ganz nebenbei rausrückt.

Mein Bruder, der Michi, ist nicht unbedingt einer der gesprächigen Zeitgenossen, doch wenn es eine Leiche im Dorf gibt, sollte ich doch schon davon ausgehen können, dass meine eigene Familie mir ohne Aufforderungen alle Information zukommen lässt, die sie über das Opfer haben.

„Freilich!“, brummt er und lehnt sich auf der Eckbank zurück.

„Hast du das der Polizei schon g´sagt?“

„Freilich! Jetzt! Du bist doch die Polizei oder?“

Ich verdrehe genervt die Augen, denn Brüder können echt verdammt nerven.

„Hat noch wer hier am Tisch die Frau vor ihrem Tot gesehen?“, frage ich in die Runde.

Meine Oma und die Mama schütteln beide den Kopf, während der Papa weiter seinen Zopf verdruckt und an seinem Haferl schlürft, was wohl ebenfalls ein Nein bedeutet.

Ich stehe auf und hole mir Block und Kugelschreiber aus der Mama ihrem Buffetschrank. Anschließend kehre ich zurück an den Tisch und sehe an Michi auffordernd an.

„Dann erzähl mir mal, wie der Abend verlaufen ist!“

„Wie halt so ein Junggesellenabschied abläuft. Bier, Goaßmaßen und Schnaps, nachdem wir einen sauberen Schweinsbraten verdruckt haben. Zwischendrin ist dann die Stripperin aufgetaucht, hat sich ausgezogen und ist anschließend wieder abgezwitschert. Wir haben weiter gesoffen."

„Wer war aller dabei und wo wart ihr?"

„Wir waren beim Wirts Sepp in der Kegelbahn. Außer mir und dem Hias …" Mein Bruder kratzt sich am Kopf, während er seine Stirn in Falten legt. Man sieht ihm den Rausch von gestern noch deutlich an, denn neben seinem zerzausten Aussehen sind auch seine Augen rot unterlaufen. Ich kann mir gut vorstellen wie die Feier ausgeartet ist, denn die Kerle im Ort kennen bei Alkohol meist kein Halten mehr. Mein Bruder eingeschlossen.

„Da Fischer Franz, Lechner Hans, Gruber Karl, Maier Ludwig, Veit Simmerl und da Karlinger Xaver. Ich hoffe, ich habe keinen vergessen."

„Wann wird denn eigentlich des Absperrband um meinen Hochsitz rundum wieder weggemacht?"

„Das kann noch eine Weile dauern", entgegne ich genervt und frage mich, was ihn an dem bescheuerten Band stört. „Warum?"

„Weil ich so den Hochsitz nicht verwenden kann. Glaubst du, mir geht auch nur ein einziger Bock in die Nähe, wenn des in bunten Farben leuchtet."

„Papa, du darfst da jetzt sowieso nicht rauf, solange der Bereich abgesperrt ist. Das Band bedeutet, Betreten verboten!, ist dir das nicht klar?"

„Ich werd doch wohl ansitzen können, wann und wo ich möchte! Des ist immer noch mein Grund und Boden!"

Pah, das ist so typisch Papa. Alter, sturer Dickschädel, als ob er jetzt ausgerechnet genau dort jagen müsste. Wo er doch gefühlt zehn von diesen Teilen in seinem Revier verteilt stehen hat.

„Dann jagst halt woanders", wirft meine Mama schlichtend ein und legt ihm noch ein Stück Zopf auf den Teller.

Das ist die Art und Weise, wie meine Mama Streit schlichtet. Sie stopft einfach alle Beteiligten mit Essen voll, bis diese gar nicht mehr wissen, warum sie eigentlich gestritten haben. Ein Wunder, dass keiner außer mir Gewichtsprobleme hat. Vermutlich liegt es daran, dass ich im Vergleich zum Rest meiner Familie mehr mit dem Hirn anschiebe, wie man bei uns so schön sagt.

Nicht, dass meine Familie deppert wäre, na ja vielleicht mein Bruder ein bisschen, aber jeder von ihnen hat schon immer körperliche Arbeit bevorzugt. In diesem Haus gibt es nicht einmal einen Computer, von meinem Laptop, den ich mitgebracht habe, abgesehen.

Der Michi ist in die Hauptschule gegangen und da er schon immer stinkfaul war, hat er den Quali geradeso geschafft. Was aber natürlich sowieso wurscht war, denn immerhin soll er mal den Hof übernehmen. Gut, lassen wir das!

„Warum feiert der Hias seinen Junggesellenabschied eigentlich mitten unter der Woche?", frage ich stirnrunzelnd.

„Weil der Sepp die Kegelbahn am Wochenende immer ausgebucht hat und das Geschäft wollte sich seine Frau nicht entgehen lassen. Ihm wär´s ja wurscht gewesen“, antwortet mein Bruder schulterzuckend.

„Wann war denn die Feier beendet?“, frage ich meinen Bruder, um die Aufmerksamkeit wieder aufs Wesentliche zu richten.

„Keine Ahnung!“, entgegnet er schulterzuckend.

„Na, du wirst doch wissen, wann du heimkommen bist.“

„Ehrlichgesagt, weder wann noch wie. Ich bin heut Früh überraschenderweise in meinem Bett aufgewacht.“

„Beim wann, kann ich aushelfen“, wirft die Mama ein. „Es war fünfe in der Früh. Du warst ja nicht zu überhören! Und weil ich dann schon wach war, hab ich natürlich zum Bieseln aufstehen müssen.“

„Also ich habe nix g´hört“, sagt meine Oma.

„Das wundert mich jetzt nicht. Du bist ja auch schon schwerhörig!“, entgegnet meine Mama.

„Was ich hören will, das hör ich auch!“

„Ach, dann spielst du also nur die Schwerhörige!“, ruft die Mama aufgebracht.

„Freilich! Ich kann ja nicht auf jeden Schmarrn reagieren, den du den ganzen Tag so verzapfst!“

„Also, das ist ja ….“

Meine Mama bekommt Schnappatmung und sucht offensichtlich nach einem passenden Konter. Ich ergreife zwei Scheiben von dem Zopf und lege jeweils ein Stück davon auf der Oma und der Mama ihren Teller, um die Streitsituation zu schlichten.

Überrascht sehen die beiden mich an, während ich lediglich mit den Schultern zucke.

4. Kapitel

16. Juni, vormittags halb neun in Oberhunding

Ich besuche meine Freundin Maria, die in Oberhunding einen Friseursalon betreibt. Den Einzigen, um genau zu sein. Doch bei ihr bekomme ich nicht nur meine Spitzen geschnitten, sondern auch alle Neuigkeiten zu hören, die Oberhunding zu bieten hat. Maria weiß alles was in und um Oberhunding rundum passiert. Wenn jemand etwas zum Mord beitragen könnte, dann weiß Maria davon.

Als ich ihre Ladentür öffne, ertönt der vertraute Klang, den es schon seit ich denken kann hier gibt. Über der Tür hängt eine Glocke, deren Stößel beim Aufschwingen des Türflügels angestoßen wird und die Kundschaft ankündigt. Maria hat den Laden von ihren Eltern übernommen, die auch heute noch mitarbeiten. Der Vater schneidet den Männern die Haare und die Mama hilft bei den Frauen aus, um Maria zu entlasten.

Ich würde mir allerdings immer nur von Maria die Haare schneiden lassen, denn manchmal habe ich den Eindruck, ihre Eltern kennen nur einen Haarschnitt. Besonders ihr Papa, scheint immer nach demselben Prinzip vorzugehen. Was wohl auch der Grund dafür ist, dass in Oberhunding jedes Mannsbild mit derselben Frisur rumläuft.

Lediglich ein paar mutige, junge Männer wagen es dem alten Dorffriseur zu widersagen und in die Stadt zu fahren, um sich einen trendigen Schnitt verpassen zu lassen. Meistens hält dies jedoch nur so lange, bis sie unter der Haube sind. Denn dann ist es wohl in ihren Augen nicht mehr wert, so einen Aufwand zu betreiben und sie begnügen sich wieder mit der Oberhundinger Dorffrisur. Immerhin ist er günstig und weit fahren braucht man ja auch nicht.

„Ja Franzi! Schön, dass du mich besuchen kommst."

„Servus Maria! Wie schaut´s aus, kriege ich heute noch einen Termin bei dir?"

„Freilich! Wenn du magst, kannst dich gleich hersetzen. Ich habe gerade Zeit."

Maria schiebt einen Stuhl hervor, der seine besten Zeiten auch schon hinter sich hat. Ich lasse mich darauf fallen und blicke in den Spiegel mir gegenüber. Neben mir sitzt die Leithammer Gretl, eine Nachbarin von meinen Eltern.

„Bist du wegen dem Mord da!", schreit sie mir zu.

Sie geht wohl davon aus, dass wir sie genauso wenig hören können, wie sie uns. Denn auf ihrem Kopf thront eine Trockenhaube und zwar jene aus aufblasbarem Plastik, die wie eine Eskimomütze aussieht. Ich lehne mich wohl nicht zu weit aus dem Fenster, wenn ich behaupte, dass diese nicht aus diesem Jahrtausend stammt. Nicht vergleichbar mit den Teilen in den Münchner Friseursalons, die aussehen, als würde man von Ufos umschwirrt und die kaum mehr einen Ton von sich geben.

Ich vermute mal, dass sich unter ihrer Haube die Lockenwickler für die Dauerwelle befinden, welche die Gretl auch schon hat, seit ich denken kann. Sie gehört zu den Kundinnen von Marias Eltern und das bestimmt schon seit vierzig Jahren.

Ich nicke zustimmend, da sie mich sowieso nicht verstehen kann und ich keinen Bock habe durch den ganzen Laden zu schreien. Außer uns beiden befindet sich zwar derzeit keine Kundschaft im Raum aber ich möchte meine Stimmbänder schließlich nicht überfordern, weil die Leithammer Gretl mit der Kommunikation nicht warten kann, bis ihre Haube herunten ist.

„Apropos Mord. Weißt du denn irgendwas, das mir bei der Aufklärung helfen könnte, Maria?“

Maria ist mit dem Veit Simmerl liiert und ich bin mir ziemlich sicher, dass die beiden als nächstes heiraten. Ob sie allerdings schon weiß, dass die Tote eine Stripperin war, die vermutlich auch ihr Simmerl kennenlernen durfte, weiß ich nicht.

„Da Simmerl ist heute erst um fünf in der Früh heimgekommen und hat einen Fetzenrausch gehabt. Er war nicht einmal mehr fähig alleine die Haustür aufzusperren. Nur dem Hund hat er es zu verdanken, dass er nicht draußen schlafen musste, denn er war nicht mehr imstande die Haustür aufzuschließen."

Ihre Miene macht sehr deutlich wie sauer sie auf den Simmerl ist. Vermutlich hat er die Nacht damit verbracht, seinen Mageninhalt loszuwerden und ich befürchte, dass er dabei nicht immer die Kloschüssel erreicht hat. Ich unterlasse es allerdings sie danach zu fragen, um ihre Stimmung nicht noch weiter zu drücken.

„Dann hat dir der Simmerl also nichts mehr von der Feier erzählt?", frage ich so neutral wie möglich.

Immerhin wird er schon aufgrund seines Zustandes nicht mehr dazu in der Lage gewesen sein. Ganz davon abgesehen, dass Maria bestimmt nicht in Freudentränen ausgebrochen wäre, wenn er ihr von einer Stripperin erzählt hätte.

„Falls du darauf anspielst, dass die Tote als Stripperin für den Jungessellenabschied engagiert war; nein, er hat mir nichts davon erzählt. Hätte er wegen seinem Rausch auch gar nicht können", grummelt sie.

„Woher weißt du dann davon?"

„Die Lisa war heute schon da und hat mir alles erzählt."

Die Lisa ist die Frau vom Fischer Franz, der auch bei der Feier war und mich wunderts, dass der so lebensmüde war, seiner Frau davon zu erzählen. Immerhin ist die Lisa für ihre Eifersucht bekannt und auch dafür, dass der Franz daheim unterm Pantoffel steht. Was für ihn wohl ein paar harte Wochen bedeuten wird. Vermutlich darf er wieder eine Weile nicht mehr zum Wirts Sepp, denn meist werden seine Vergehen mit Hausarrest geahndet.

„Der Franz ist immer recht redselig, wenn er gesoffen hat. Er hat ihr im Suff erzählt, dass sie eine geile Show gekriegt haben von dem Flittchen. Ich hoffe für den Simmerl, dass er seinen Rausch ausgeschlafen hat, wenn ich heute Mittag heimkomme, denn dann werde ich ihm sowas von den Kopf waschen."

Während die Maria meine Haare schneidet, wird die Gretl von ihrer Mütze befreit, was sie sichtlich aufatmen lässt. Immerhin ist sie verdammt neugierig und es muss für sie eine richtige Tortour sein, wenn sie nix mitbekommt.

Während der Maria ihre Mama, Lockenwickler um Lockenwickler von Gretls Kopf schält, ist ihre Aufmerksamkeit auf uns gerichtet und ich fahre mit meiner Befragung fort.

„Hat der Franz auch erzählt, wann die Stripperin gegangen ist und ob einer von den Partygästen sie begleitet hat?"

Die Maria weicht sichtlich meinem Blick aus und ich merke deutlich, dass sie nervös ist. Sie weiß etwas, dass ihr entweder unangenehm ist, oder ihr im Vertrauen gesagt wurde.

„Maria, ich ermittle in einem Mordfall und muss wirklich alles wissen!", rede ich auf sie ein.

Maria beugt sich vor und flüstert mir zu, was die Leithammer Gretl die Ohren spitzen lässt. Die Neugierde dieser Frau ist beinahe schon krankhaft und ich sollte mich an sie wenden, denn neugierige Menschen wissen meist auch mehr als andere. Aber zu ihr komme ich später, erst muss ich an das Geheimnis kommen, das Maria hütet.

„Der Lechner soll angeblich noch ein bisschen was draufgelegt haben, für eine Privatvorstellung, wenn du verstehst was ich meine. Aber das hast du nicht von mir!“, antwortet sie verschwörerisch.

„Du meinst, er war noch alleine mit der Frau?“

„Angeblich hat der Saubär die Stripperin noch mit Heim genommen, das habe ich auch gehört“, mischt sich nun die Gretl ein.

Das Weib muss Ohren haben wie ein Luchs, denn so leise wie die Maria geredet hat, dürfte die Schnepfe gar nichts gehört haben. Ich sage ja, an die Leithammer Gretl muss ich mich halten. Vielleicht kann ich sie als meinen Spion engagieren. Sie horcht sich im Dorf um und tragt mir alles zu, was ihr zu Ohren kommt. Und das ist sehr viel, wie man ja sieht.

„Und woher hast dann du des gehört?“

„Der Lechner wohnt ja gegenüber von unserer Oma, und da die schwere Schlafstörungen hat, wenn du mich fragst, schlaft sie einfach unterm Tag zu viel, geistert sie nachts oft durchs Haus oder sitzt am Fenster sobald die Sonne aufgeht. Da hat sie eben heute Nacht den Lechner gesehen und hat mir erzählt, dass er in Begleitung von einem halbnackten Weibsbild war."

Da er Lechner ungebunden ist, könnte mir das an und für sich egal sein. Mir wär´s auch wurscht, wenn er eine Frau hätte, denn immerhin muss das ein jeder selber wissen, was er tut. Aber in diesem Fall, werde ich ihm mal auf den Zahn fühlen müssen.

Ich sag´s ja, beim Friseur erfährst so allerhand!

5. Kapitel

16. Juni, mittags halb eins in Oberhunding

„Wo bleibst denn so lange, mir bricht jetzt gleich der Magen durch?“

Mein lieber Bruder empfängt mich mit einem vorwurfsvollen Blick. So als wäre ich für seinen bevorstehenden Hungertod verantwortlich. Dabei hat er heute Früh vier riesige Scheiben Bauernbrot mit Leberkäse verputzt und ein Stück Apfelkuchen hinterher geschoben.

Andere essen bei einem besonderen Anlass ein Dreigängemenü, der Michi verputzt am Tag dreimal mehrere Gänge!

„Entschuldige, aber ich muss vielleicht einen Mord aufklären“, entgegne ich genervt. „Ihr hättet ja mit dem Essen nicht auf mich warten müssen und außerdem ist es gerade mal halb eins.“

„Bei uns wird immer um zwölf Mittag gegessen. Das ist quasi ein Grundgesetz bei den Hubers! Das müsstest du schon noch wissen!“, motzt er. „Des mit dem Warten ist auf der Mama ihrem Mist gewachsen. Sie möchte alle an einem Tisch haben beim Essen.“

„Danket dem Herrn, sie ist endlich eingetroffen!“, ruft der Papa, als er aus dem Wohnzimmer kommt.

„Gegessen wird bei uns um zwölf. Des könntest schon noch wissen.“

Der Vorwurf in seiner Stimme ist deutlich zu vernehmen, denn er grummelt noch ein bisschen mehr, wie sonst. Ich weiß ja, dass die Männer in diesem Haus Dauerhunger haben und auf das Essen einiges halten, doch dass ich jetzt auch noch meinen Tagesablauf danach richten muss, das bin ich einfach nicht mehr gewohnt. Aber der Mama zuliebe, werde ich künftig versuchen pünktlich zu sein, auch wenn das noch nie meine Stärke war.

Ich folge den Herren der Schöpfung in die Küche, wo die Oma gerade die Rindsrouladen auf den Tisch stellt. Es riecht köstlich und ich befürchte, der Aufenthalt hier in Oberhunding wird mir ein paar Kilo mehr auf den Rippen bescheren. Ein selbstgemachtes Apfel-Blaukraut steht auch auf dem Tisch, was mein Papa und der Michi dezent außen vor lassen. Sie füllen ihre Teller mit Kartoffelknödel, Fleisch und ertränken das Ganze in jeder Menge Soße.

„Du Michi, der Lechner hat angeblich die Stripperin noch mit nach Hause genommen. Weißt du da was davon?“

„Na!“, murmelt er mit vollem Mund und schüttelt den Kopf.

Ich verdrehe die Augen, weil er mir so gar keine Hilfe ist. Dabei war er doch dabei und wenn er nicht seinen kompletten Verstand versoffen hätte, dann wüsste er auch jetzt, wann wer mit wem nach Hause gegangen ist!

„Wer von euch Saufkumpanen war denn noch am nüchternsten?“, frage ich genervt.

„Ich glaub der Lechner. Als die gebuchte Stripperin aufgetaucht ist, sind dem beinahe die Augen rausgefallen und er war gar nicht mehr imstande mit uns zu saufen, weil er nur noch den knackigen Arsch von der angeglotzt hat. Er hat irgendwas gelabert, von wegen er hätte sich unsterblich verliebt.“

Endlich ruckt der Michi mit etwas mehr Informationen raus und ich horche interessiert zu. Wenn der Lechner tatsächlich mit der Frau noch ein Tätatä hatte, war er wohl der Letzte, der sie lebend gesehen hat. Oder vielleicht sogar der Täter!

„Du glaubst jetzt aber nicht allen Ernstes, dass der Lechner die erwürgt hat oder?“

Als hätte er meine Gedanken lesen können, schaut der Michi mich jetzt mit weit aufgerissenen Augen an. Ich zucke mit den Schultern und widme mich wieder meiner Roulade.

„Jeder ist verdächtig, so lange der Mörder nicht gefasst ist.“

„Aber Franzi, da Lechner ist schon ewig mein Freund. Für den würde ich meine Hand ins Feuer legen.“

„Na hoffentlich verbrennst du dir die Bratzen nicht“, murmelt da Papa und schiebt sich die nächste Gabel voll in den Mund.

„Ich rede mal mit ihm“, entgegne ich beschwichtigend, um den Michi zu beruhigen.

Ich habe keine Lust mich mit dem Michi jetzt zu streiten, denn auch wenn der Lechner ein alter Freund von ihm ist, muss ich ihm auf den Zahn fühlen. Vielleicht hat die Frau ihn ja nicht rangelassen und dann ist er ausgetickt. Warum die Tote dann allerdings auf dem Hochsitz vom Papa gefunden worden ist, erschließt sich mir nicht.

„Ich pack´s dann“, rufe ich in die Küche, nachdem ich in meinem Zimmer die groben Stichpunkte in meinen Laptop übertragen habe.

Die nächste Station ist der Lechner und ich hoffe, dass er schon Feierabend hat und ich ihn antreffe. Meine Familie sitzt versammelt in der Küche zum Kaffeekränzchen. Die Oma hat heute Vormittag Auszog´ne gemacht. Für die könnt ich sterben, so gut sind die. Vor allem die Rosinen haben es mir angetan, ganz im Gegenteil zu meinem Bruder, der jede einzelne davon rauspickt.

„Falls du zum Lechner möchtest, der ist sowieso noch in der Arbeit. Der hat erst um vier Feierabend“, ruft da Michi in den Flur.

Also lasse ich mich erweichen und schweife erneut ab, indem ich den dunklen Gelüsten in mir nachgebe und erneut ungesunde Sachen in mich reinstopfe. Langsam fühle ich mich wie eine Mastgans. Drei bis vier vollwertige Mahlzeiten am Tag und keine davon ist fettarm oder vegan. Die Bezeichnung vegan existiert überhaupt nicht in diesem Dorf. Immerhin verdient noch ein Großteil der Bevölkerung hier ihren Lebensunterhalt mit Milchwirtschaft.

Veganer sind für sie sozusagen Erzfeinde. Schon ein Vegetarier wird mit Argusaugen betrachtet und hinter seinem Rücken wird abfällig über ihn gesprochen. Aber zumindest findet er beim Wirts Sepp noch ein Gericht, welches er sich einverleiben kann, auch wenn es nur ein Kaiserschmarren ist. Ganz anders bei den Veganern. Für sie hat der Sepp tatsächlich nichts auf der Karte. Noch nicht einmal einen Salat, weil selbst den ertränkt er in Joghurtdressing, das seine Frau selbst macht.

Das einzige, was für die gesundheitsfanatischen, antialkoholischen Veganer beim Wirts Sepp zum Bestellen übrig bleibt ist ein Haferl Kaffee ohne Milch und ein Wasser.

Ich helfe der Mama beim Tischdecken, während der Papa und der Michi am Tisch sitzen und auf die besseren Zeiten warten, die in Form von Kaffee und Auszog´ne gleich anstehen. Seit ich denken kann hat der Michi keinen Finger in der Küche krumm gemacht. Immer ist es an mir hängengeblieben, der Mama und der Oma zu helfen. Er war schließlich männlichen Geschlechts und zu Höherem bestimmt. Auf das Höhere wartet er heute noch!

Die Mama macht noch einen Kamillentee und ich frage mich, ob denn einer von ihnen krank ist, denn den selbst gezupften und getrockneten Kamillentee gibt es nur bei Krankheit. Während ich mich an den Tisch setzte, gießt die Mama den Tee auf und stellt die große Tasse vor der Oma ab.

Der Blick von ihr ist unbezahlbar und noch bevor sie was sagt, muss ich mir das Schmunzeln verkneifen.

„Was soll jetzt das?“, fragt sie mit einer eisigen Miene die Mama.

„Du hast doch gehört, was der Doktor heute gesagt hat. Du sollst nicht mehr so viel Kaffee trinken wegen deinem Herz.“

„Er hat auch gesagt ich soll mich nicht aufregen. Was glaubst denn du, was ich tue, wenn du mir dieses Gesöff vor die Nase stellst?“

Der Papa und der Michi lehnen sich instinktiv zurück, denn sie wissen, dass mit der Oma nicht zu spaßen ist, wenn es um ihren Kaffee geht. Genauso wie mit ihrer Halbe Bier, die sie jeden Abend zur Brotzeit trinkt. Auch ich lehne mich etwas zurück, um etwas aus der Gefahrenzone zu gelangen, als die Oma der Mama bedrohliche Blicke zuwirft.

„Ich bin nur um dein Wohl besorgt“, verteidigt sich die Mama vehement und setzt sich entschlossen auf ihren Stuhl.

Offensichtlich ist sie nicht bereit nachzugeben, was schreckliche Folgen haben könnte. Genaugenommen setzt sie die Oma auf Entzug, wenn sie ihr den Kaffee streicht, und wie Junkies reagieren, wenn man ihnen die Droge entzieht, kenne ich schon berufsbedingt. Das ist nicht schön!

Mein Papa verkneift sich das Grinsen und presst seine Lippen fest aufeinander, als er nach der Milch greift und sich einen Schuss davon in sein Haferl gießt. Anschließend gibt er fünf Löffel Zucker in den Kaffee, rührt dann aber nicht um, denn sonst wird er ihm zu süß. Die Oma ergreift die Chance und tauscht ihr Haferl, mit dem vom Papa aus.

„Du sollst nicht so viel Zucker essen, hat der Doktor g´sagt“, murmelt sie dabei.

Anschließend löst sie ihr Gebiss und schiebt es über ihre Lippen, so dass alle am Tisch angewidert das Gesicht verziehen. Zugleich setzt sie an Papa seine Tasse an die Lippen und schiebt mit dem Rand das Gebiss zurück in ihren Mund, bevor sie einen großen Schluck vom Kaffee nimmt.

Somit hat sie an Papa seine Tasse für sich markiert und ich denke nicht, dass dieser sie von ihr zurückfordern wird. Also geht er den einfachsten Weg und schiebt der Oma ihren Kamillentee weiter zum Michi, bevor er sich dessen Kaffeetasse schnappt.

Dieser reagiert natürlich zu langsam. Der Papa ist schneller, macht ein Geräusch, als würde er eine große Menge an ekligen Körperflüssigkeiten über den Rachen nach oben ziehen, bevor er die Tasse an seine Lippen setzt. Nun ist auch diese Tasse mit einem Höchstmaß an Ekel markiert und der Michi ist neuer Besitzer der verhassten Teetasse.

Um das unangenehme Spiel zu unterbinden, umfassen meine Mama und ich unserer Tassen quasi zeitgleich mit beiden Händen und verhindern somit, dass mein Bruder das Spiel fortführen kann.

„Glaubt´s ihr vielleicht, ich trink das Gesöff?“, fragt er vorwurfsvoll.

Als wir alle schulterzuckend an unserem Kaffee nippen, steht er mit einem genervten Stöhnen auf und schüttet den gesunden Kamillentee in die Spüle. Anschließend kehrt er zurück und füllt die Tasse mit Kaffee, einem Schuss Milch und sechs Löffeln Zucker. Natürlich ohne umrühren, man möchte den Kaffee ja nicht zu süß trinken.

Während ich noch innerlich den Kopf schüttle, greifen alle nach der Oma ihren leckeren Auszog´ne, die aus einem Hefeteig bestehen und in Fett schwimmend rausgebacken werden. Niemand hat jemals behauptet, dass die bayerische Küche Figur schonend ist. Kein Wunder also, dass ich mit meinen Kilos kämpfe und in nächster Zeit wohl einfach nur froh bin, dass es hier im Haus keine Waage gibt. Zumindest keine Personenwaage und für die Küchenwaage bin ich zu schwer.

Die Oma bockt noch eine ganze Weile, weil die Mama tatsächlich die Frechheit besessen hat, ihr den Kaffee vorzuenthalten. Zur Strafe trinkt sie gleich noch eine zweite Tasse, woraufhin Mama genervt die Augen verdreht, während der Papa den Rest seines Auszog´ne in den Kaffee tunkt und sich aus dem ganzen Gezeter raushält.

„Wär´s nicht besser, ich würde mit zum Lechner fahren?“, brummt Michi, nachdem er sich mit einem gesättigten Stöhnen nach hinten lehnt.

„Nein, lieber nicht“, erwidere ich.

Das fehlte mir gerade noch. Mein Bruder, der seinem Spezi dreinreden würde, was er sagen soll, und womit er sich besser in Schweigen hüllt. Wenn ich alleine mit dem Lechner bin, werde ich die Wahrheit schon aus ihm herauskitzeln.

Er war noch nie ein guter Lügner und schon gar nicht bei Frauen. Immerhin gehört er nicht gerade zu der Gattung, die an jeder Hand zehn haben. Der Lechner wäre vermutlich schon froh, wenn er eine abschleppen könnte. Vielleicht war er ja so schrecklich frustriert, dass er einfach die Beherrschung verloren hatte, als er wieder einen Korb bekam.

Dennoch muss ich Michi recht geben, auch wenn ich das wirklich nur sehr ungern zugebe, einen Mord hätte ich dem Lechner nicht zugetraut. Aber er wäre nicht der erste Mörder, der sich zuvor gegeben hatte, als könne er keiner Fliege was zu Leide tun.

Manchmal sind es gerade die Stillen, die irgendwann austicken und einen Mord im Affekt begehen.

6. Kapitel

16. Juni, nachmittags halb fünf in Oberhunding

Ich trage bequeme Schuhe, als ich beim Lechner an die Tür klingle. Nicht, weil ich mit meinen Stöckelschuhen im Dorf zu sehr auffallen würde, sondern weil ich womöglich zu einer Verfolgungsjagd gezwungen bin, falls der Lechner sich entscheidet, zu flüchten.

Aber tatsächlich ernte ich immer wieder musternde Blicke, weil ich nicht so wie viele Frauen hier im Dorf bequemes Schuhwerk trage. Dabei ist doch wirklich nichts Verwerfliches daran, wenn man sich ein bisschen schick macht, wenn man das Haus verlässt. Die meisten Frauen machen das ja, um einen Mann aufzureißen und sobald sie ihn an der Angel haben und er keine Möglichkeit mehr hat, ihnen zu entkommen, war´s das mit dem Aufhübschen.

Dann dauerts meistens nicht lange, bis der Nachwuchs kommt, was zwangsläufig bei vielen dazu führt, dass man ihnen die schlaflosen Nächte ansieht. Vor allem weil es meistens alleine an den Frauen hängenbleibt, sich die Nacht um die Ohren zu schlagen, um den Nachwuchs zu beruhigen. Schließlich ist der Mann ja der Ernährer, der morgens fit für die Arbeit sein muss.

Meist ist es aber nicht die Arbeit, die die Kerle daran hindert, sich mehr um ihre Nachkömmlinge zu kümmern, sondern der Umweg über den Wirts Sepp, den viele aufsuchen, bevor sie nach Feierabend zu Hause eintreffen.

Es wird natürlich erwartet, dass das Essen auf dem Tisch steht und die Unterhosen frisch gewaschen sind, während sich die Herren der Schöpfung auf das Kanapee hauen und Sportschau glotzen. Nicht zu vergessen, das Tegernseer Helle, welches auf keinen Fall fehlen darf. Denn immerhin hat man mit dem ja den Feierabend schon beim Wirts Sepp eingeläutet.

Es dauert eine ganze Weile, bis der Lechner schließlich die Tür öffnet.

„Ja, die Huber Franzi, dich habe ich ja schon ewig nimmer gesehen. Was führt denn dich zu mir?“

„Servus Hansi, ich müsste mal mit dir reden.“

„Mit mir?! Freilich, komm rein!“

Ich folge ihm ins Wohnzimmer, wo er mir etwas zu trinken anbietet, aber ich dankend ablehne. Offensichtlich hat er keinen Schimmer, warum ich hier bin. Was entweder daran liegt, dass er nichts mit dem Tod der jungen Frau zu tun hat oder er einfach ein verflucht guter Schauspieler ist.

„Du hast doch sicherlich schon von der Leiche gehört, die auf dem Papa seinem Hochsitz gefunden wurde.“

„Ja, schrecklich!“, antwortet er sichtlich erschüttert. „Dass sowas bei uns am Land passiert, ist ja unglaublich. Noch dazu, da die Dame am Abend noch beim Hias seinem Junggesellenabschied aufgetreten ist."

Kopfschüttelnd sitzt er mir gegenüber und ich zermartere mir das Hirn, ob der Hansi wirklich so abgebrüht sein könnte, erst eine Frau ums Eck zu bringen und mir anschließend hier noch ein solches Theater vorzuspielen.

Vielleicht ist er ja tatsächlich nicht der Täter und ich verrenne mich da in was. Oder da Michi hat den Hansi vorgewarnt, dass ich komme und er war einfach schon gut auf meinen Besuch vorbereitet. Wie auch immer, ich muss rausfinden, welche Rolle er dabei spielt.

„Ich habe gehört, dass du mit der Stripperin die Feier verlassen hast."

An Hansi seine Gesichtszüge entgleiten regelrecht und er starrt mich misstrauisch an.

„Sag mal, bist du dienstlich da, oder interessiert dich das rein privat?"

„Dienstlich", bestätige ich ihm nickend. „Ich habe die Ermittlungen übernommen, um die hiesige Polizei zu entlasten."

„Ja und mich möchtest jetzt belasten oder wie?", fragt er vorwurfsvoll.

„Ich muss jedem Hinweis nachgehen."

„Hinweis?", ruft er aufgebracht. „Ja, wer hat mich den angeschwärzt? Bestimmt hat die alte Nachbarstrutschn, das alte Waschweib, dir den Floh ins Ohr gesetzt. Der brauchst du gar nix glauben. Die erzählt doch nur Märchen, das weiß ein jeder im Dorf.“

Natürlich weiß ich, dass die Gretl und die Leithammer Oma auch keine Skrupel haben Halbwahrheiten zu erzählen. Manchmal weil´s die ganze nicht kennen und manchmal, weil sie es gern dramatisch mögen. Doch die Leithammer Oma denkt sich das doch nicht direkt aus, dass der Hansi eine Frau mit heimgenommen hat.

„Das tut gar nix zur Sache, von wem ich das weiß! Ich möchte von dir wissen, ob du die Stripperin noch mit heimgenommen hast.“

„Nein, das habe ich natürlich nicht!“

„Ich habe aber noch von einer anderen Quelle, die vermutlich zuverlässiger ist, gehört, dass du mit der die Feier verlassen hast.“

Vielleicht hilft es ja, wenn ich hartnäckig bleibe und ihn in die Ecke dränge. Sobald er nervös wird und sich in Widersprüche verstrickt, ist er fällig!

„Ich bin lediglich mit der Dame vor die Tür gegangen, um sie zu bezahlen. Es wäre ja unverantwortlich gewesen, die arme Frau noch länger in der Kegelbahn zu lassen, da den meisten das Blut schon in die Hose geronnen ist, wenn du verstehst was ich meine.“

„Ja, das kann ich mir sehr gut vorstellen“, entgegne ich seufzend und rolle mit den Augen.

„Dann gibst du also doch zu, dass du mit der Frau die Wirtschaft verlassen hast?“

„Ich gebe gar nix zu! Ich sag nur, dass ich mit dem Madl vor die Tür gegangen bin und ihr das ausgemachte Geld für den Auftritt gegeben habe. Dann bin ich wieder zu meinen Spezis und hab mich nicht mehr um des geschert, was die Stripperin gemacht hat.“

„Du möchtest mir weißmachen, dass du eine nackte, junge Frau ohne einen weiteren Blick hast ziehen lassen und zurück in die Kegelbahn gegangen bist?“, frage ich sichtlich misstrauisch.

„Ja natürlich, was glaubst denn du? Ich habe vielleicht einen Anstand und habe ihr noch meinen Trachtenjanker vorgehalten, während sie sich wieder angezogen hat. Schließlich hat sich das Madl komplett ausgezogen.“

„Und das hast du aus reiner Nächstenliebe getan?“, frage ich sarkastisch.

„Freilich! Ich helfe wo ich nur kann. Dann bin ich wieder rein und habe mit den anderen weitergesoffen.“

„Du wolltest nicht ein paar Scheine drauflegen, um sie mit in dein Bett zu nehmen?“

„Also Huberin, jetzt langt´s aber! Du hast ja eine wirklich schlechte Meinung von mir. Natürlich habe ich das nicht und außerdem wäre des sowieso ein rausgeschmissenes Geld gewesen.“

Er winkt ab und schüttelt aufgebracht den Kopf.

„Warum?“

Er druckst rum und wetzt seinen Hintern auf dem Polstersessel, dass ich schon Angst habe, er könnte sich den Hosenstoff aufscheuern. Ich lasse ihm etwas Zeit, damit er sich sammeln kann. Schließlich antwortet er mir nach einer Weile, sieht mich dabei aber nicht an. Seine Augen sind auf den Boden gerichtet, als würde er nach etwas suchen.

„Na ja, da bin ich sicher nicht der einzige. Aber wenn ich einen Rausch habe, dann kann ich halt nimmer so!“

Ich verstehe nur Bahnhof und es dauert echt verdammt lange, bis bei mir endlich der Groschen fällt. Der gute Hansi hat also Erektionsschwierigkeiten, wenn er zu viel gesoffen hat. Ich muss mir ein Lachen verkneifen und versuche angestrengt ernst zu bleiben. Offensichtlich gelingt mir das nicht ganz, da mir der Hansi einen vernichtenden Blick zuwirft, bevor er mit hochrotem Kopf wieder zurück auf den Boden starrt.

Doch dann fällt mir plötzlich ein, dass diese Tatsache ja vielleicht ganz neue Mordmotive aufwerfen könnte.

„Vielleicht hätte sie sich ja auf ein Schäferstündchen mit dir eingelassen und als dein kleiner Freund nicht wollte, hat sie dich ausgelacht. Hansi, das wäre ein glasklares Mordmotiv!“

„Huberin, ich sag´s dir jetzt noch einmal. Außer der Bezahlung war da nix und jetzt schleichst dich, verstanden!"

Da dem Hansi sein Kopf noch tiefroter wird, als schon zuvor und er mich anstarrt, als wolle er als nächstes mich abmurksen, stehe ich auf und gehe.

„Wir sind aber noch nicht fertig!", rufe ich ihm zu, als ich auf die Haustüre zusteuere.

„Ich mit dir schon!", schreit er mir nach und wirft die Wohnzimmertür mit einem lauten Knall zu, während ich das Haus verlasse.

Da habe ich wohl einen Nerv getroffen. Seine Reaktion beweist, dass er eben doch etwas zu verbergen hat und keineswegs einfach nur die junge Dame bezahlt und sich anschließend zurück auf die Feier begeben hat. Warum sonst sollte er so ausrasten, wenn er nichts mit ihrem Tod zu tun hätte?

Ich setze mich in meinen Wagen und starte den Motor. Auf dem Heimweg mache ich noch beim Wirts Sepp Halt, denn um diese Zeit müsste der Großteil der Partygäste dort auf ein oder mehr Feierabendbiere zusammensitzen. Das ist die Gelegenheit mit allen auf einmal zu sprechen und zu sehen, wer sich auffällig verhält oder gar versucht den Lechner zu decken.

Wenn ich sie direkt mit meinem Verdacht konfrontiere, dann können sie sich nicht darauf vorbereiten oder sich absprechen. Auch der Wagen meines Bruders steht vor dem Wirtshaus. Genervt stoße ich den Atem aus. Hoffentlich macht er mir keinen Strich durch die Rechnung und hat schon wieder alle informiert, dass ich den Lechner in Verdacht habe. Diese Saufkumpanen geben sich bestimmt ein gegenseitiges Alibi!

Als ich die Tür zur Gaststube öffne und den Raum betrete, ist es mit einem Mal ruhig, denn alle Stimmen verstummen, während sich alle Augen auf mich richten. Es befinden sich nur Männer im Raum und vor jedem steht ein Krug Bier. Während sich den Stammtisch mein Bruder und seine Spezis mit ein paar älteren Herren teilen, sitzen auch an den Tischen rundherum einige kleine Grüppchen. Viele von ihnen kommen jeden Tag nach der Arbeit her und nehmen ihr Aboessen ein, welches dem Sepp seine Frau anbietet. Heute gibt es scheinbar Gulasch mit Kartoffeln.

Hier kann man ganz klar unterscheiden, wer von den Kerlen verheiratet ist und wer nicht. Die einen schlemmen gemütlich, während die anderen sich mit dem Bier begnügen, da die Ehefrau bereits zu Hause mit dem Essen auf sie wartet.

Gerade frage ich mich, welcher der beiden Gattungen wohl glücklicher ist. Die Junggesellen, die tun und lassen können was sie wollen, zu Hause aber niemand auf sie wartet, oder die Ehemänner, die nach einem harten Arbeitstag in ein warmes Nest kriechen können? Vermutlich gibt es da und da Glückliche und Unzufriedene. Wenn zu Hause der Hausdrache wartet, um einem Feuer unterm Arsch zu machen, bereut man vermutlich den Gang zum Traualtar. Aber was weiß ich schon?

Am Stammtisch an der Stirnseite des Tisches ist noch ein unbesetzter Platz, den ich mir schnappe. Immerhin sitze ich so inmitten der Partygesellschaft des Junggesellenabschieds. Mein Bruder wirft mir einen vorwurfsvollen Blick zu, den ich ignoriere. Immerhin sind hier alle versammelt, die ich sowieso befragen muss. Nur der Lechner fehlt, aber das ist kein Wunder, denn der sitzt vermutlich zu Hause und kocht vor Wut auf mich. Ich denke nicht, dass der heute noch hier auftaucht, es sei denn, er muss seine Wut ertränken und hat nicht genügend Alkoholvorrat im Haus.

„Das trifft sich ja gut, dass ihr alle hier seid. Ich habe noch einige Fragen zum Mord."

„Möchtest jetzt uns auch noch beschuldigen?", knurrt der Karlinger Xaver.

„Ich beschuldige keinen, sondern ermittle lediglich", entgegne ich und streife meine Jacke ab, um sie über die Stuhllehne zu hängen.

Dies tue ich nicht, weil es mir in der Wirtsstube zu warm ist, denn es ist vielmehr das Gegenteil der Fall. Der Wirts Sepp ist einfach ein geiziger Hund und spart immer am Heizmaterial. Nein, ich tue das, um der Bagage zu zeigen, dass ich nicht zum Spaß unterwegs bin. Nun ist das Holster mit meiner Waffe gut sichtbar und auch wenn ich auf meine Uniform hier im Dorf verzichte, bin ich immer bewaffnet. Normalerweise eben verdeckt durch meine Jeansjacke. Muss ja nicht gleich jeder wissen, dass ich mit einer Pistole rumlaufe. Außerdem würde dies potenzielle Flirtpartner augenblicklich verjagen, auch wenn diese hier sowieso sehr rar sind und ich ja eigentlich sowieso vergeben bin.

„So und jetzt erzählt mir mal, wie genau der Junggesellenabschied verlaufen ist!“

7. Kapitel

16. Juni, abends halb neun in Oberhunding

Wenn die so weitermachen, saufen die mich unter den Tisch. Vermutlich ist das genau ihre Absicht, dabei haben die keine Ahnung, dass ich eine Menge vertrage. Immerhin trinke ich gerne mal einen über den Durst. Gut jetzt nicht unbedingt ein Bier oder den selbstgebrannten Schnaps vom Maier Ludwig, aber gegen das eine oder andere Glas Rotwein, manchmal wird's auch die ganze Falsche, habe ich nichts einzuwenden.

Bisher konnte ich ja noch nichts rausbringen, aus diesen Burschen. Aber ich habe mir vorgenommen den Spieß einfach umzudrehen und zu warten, bis sie so besoffen sind, dass die Zunge etwas lockerer sitzt. Immerhin sagen Betrunkene meistens die Wahrheit.

Allerdings muss ich langsam selber aufpassen, damit nicht ich diejenige bin, die aus dem Nähkästchen plaudert. In weiser Voraussicht habe ich mir ja zuvor ein Warsteiner bestellt, da dieses in der Flasche serviert wird. Nun benutze ich es als Spuckflasche, denn immer, wenn sie mich zu einem Stamperl Selbstgebrannten überreden, kippe ich diesen in meinen Mund und setzte gleich darauf die Flasche an, als würde ich ihn mit Bier runterspülen.

Stattdessen lasse ich den Hochprozentigen zurück in die Flasche, wo er sich mit dem Pils vermischt.

Diesen Trick hat mir eine Kollegin verraten, als ich noch vor meiner Polizeiausbildung in einer Diskothek hinter der Bar gearbeitet habe. Sie hat mich dort angelernt, wie man viele Drinks verkauft und dabei selbst nüchtern bleibt. Immerhin wurde uns dort von vielen Gästen einen Drink ausgegebenen und wir waren von unserem Chef angewiesen diese auch anzunehmen. Ich hätte nicht gedacht, dass dieser Trick mir noch einmal so hilfreich sein könnte.

Als sie alle mehr oder weniger hackedicht sind, fange ich an, einem nach dem anderen auf den Zahn zu fühlen. Leider komme ich zu keinem zufriedenstellenden Ergebnis, denn obwohl der Alkoholpegel lügen gewissermaßen unmöglich macht, sind sich alle einig. Der Lechner Hansi könnte nicht einmal einer Fliege was zu Leide tun, geschweige denn eine Frau töten.

Allerdings kann sich auch keiner von ihnen daran erinnern, ob und wann der Hansi auf die Party zurückgekommen ist, was vermutlich daran liegt, dass diese Saufbolde an jenem Tag noch besoffener waren, als heute. Ich lehne mich stöhnend zurück und schüttle deprimiert den Kopf. Das läuft alles ganz und gar nicht so, wie ich mir das vorgestellt habe!

Ich sehe zum Tresen, wo der Sepp steht und zu uns herübersieht. Da fällt mir ein, dass ich ihn ja noch gar nicht befragt habe. Immerhin könnte er ja auch etwas mitbekommen haben, es sein denn er war mit von der Saufpartie.

Als ich aufstehe, bemerke ich den Alkohol deutlich. Vielleicht hätte ich ein bisschen eher mit meiner Spuckflasche anfangen sollen. Auf wackligen Beinen gehe ich zu ihm und setzte mich auf einen der Barhocker.

„Du hast die Bagage ja ganz schön verarscht“, grinst er schadenfroh und deutet mit dem Kinn zum Stammtisch.

„Was meinst du damit?“

Ich stelle mich dumm, denn vielleicht spielt er ja gar nicht auf meine Spuckflasche an.

„Glaubst du vielleicht, ich habe nicht gemerkt, dass du den Schnaps in die Pilsflasche gespuckt hast?“

„Alter Trick aus meiner Jugend“, entgegne ich schulterzuckend.

Ich bin ehrlich überrascht, dass er mich durchschaut hat. Hätte ich ihm gar nicht zugetraut. Der Sepp ist ein untersetzter Mittvierziger, dessen Bauchansatz nicht nur von den Kochkünsten seiner Frau kommt, sondern auch von dem übermäßigem Alkoholkonsum. Nicht umsonst nennt man diese Körperform Bierbauch.

Der Sepp ist selbst sein bester Gast, wie man bei uns so schön sagt. Da kann auch seine Frau nichts daran ändern, obwohl sie ihm des Öfteren gehörig die Meinung geigt. Es ist aber auch schwer, direkt an der

Quelle zu sitzen und der Droge dennoch entsagen zu müssen.

Seine Nase ist leicht rot, was ein weiterer Hinweis auf zu viel Bier und Schnaps ist, außerdem glitzern seine Augen meistens. Das lichte Haar hat er fein säuberlich angerichtet und mit Haarspray extrastark fixiert, der ihm einen ungewollten Wetlook verpasst. Schön ist er nicht, der Sepp, aber vielleicht kann ich ja aus ihm etwas herausquetschen.

Mit Alkohol abfüllen, fällt bei ihm leider aus, denn er ist ein bestimmtes Level gewohnt, und dennoch sagt er seiner Frau, der Liesl, sicherlich nicht immer die Wahrheit. Wenn er das tun würde, hätte sie ihn vermutlich schon vor die Tür gesetzt. Immerhin ist nicht nur der Sepp nicht unbedingt eine Schönheit, sondern auch seine Alte kann man kaum als solche bezeichnen.

Genaugenommen passen sie perfekt zusammen. Meine Oma würde sagen: „Schöner hätte man sie mit der Schubkarre nicht zusammenfahren können!“ Man sieht ihr an, dass sie nicht nur gut kochen kann, sondern das Essen auch gerne verzehrt. Außerdem legt sie nicht unbedingt wert auf ein gepflegtes Äußeres und wenn ich sie so ansehe, wie sie mich durch die offenstehende Küchentür musternd anstarrt, frage ich mich wie lange sie wohl die Schürze schon trägt, ohne dass diese eine Waschmaschine zu Gesicht bekommen hat. Gut, dass meine Mama so saugut kocht und ich nicht darauf angewiesen bin, hier zu essen.

Warum die Liesl mich jetzt allerdings so grimmig ansieht, erschließt sich mir nicht. Ich versuche es mit einem freundlichen Lächeln, doch anstatt dieses zu erwidern, kneift sie ihre Augen noch mehr zusammen.

Puh, mit der ist vermutlich nicht gut Kirschen essen!

Ich konzentriere mich wieder auf den Sepp und ignoriere seine Frau.

„Du sag mal. Warum schaut denn die Liesl so wild?“

Er wirft einen Blick zurück über die Schulter, was ihr natürlich klarmacht, dass ich ihn auf sie angesprochen habe. Das trägt sicherlich nicht zu ihrer Sympathie mir gegenüber bei und ich kann mich gerade noch so daran hindern, die Augen zu überdrehen.

„Die eifert“, entgegnet er schulterzuckend und völlig desinteressiert.

„Auf mich?“, frage ich ungläubig.

„Wahrscheinlich, was weiß ich!“

Wie kommt diese gute Frau denn um Himmels Willen auf sowas? Ich würde ihren Alten nicht einmal mit der Kneifzange anfassen. So verzweifelt könnte ich gar nicht sein!

Ungläubig schüttle ich den Kopf und versuche mich auf den Fall zu konzentrieren. Der Alkohol beeinträchtigt tatsächlich mein Gehirn und es funktioniert nur mit verminderter Leistung.

„Wo warst eigentlich du, während des Junggesellenabschieds vom Hias?“, frage ich ihn.

„Ich habe mich um die Getränke gekümmert“, antwortet er.

„Und als die Stripperin da war? Hast du die auch gesehen?“

„Nur wie sie reingekommen ist. Als meine Alte mitbekommen hat, was in der Kegelbahn abgeht, hat sie mich vom Dienst abgezogen und entschieden, dass die Meute erst wieder was zu Trinken bekommt, wenn das Weibsbild weg ist.“

Ich sehe ihm an, dass er nur zu gerne ein paar Blicke auf die junge, schöne Frau geworfen hätte, doch sein Hausdrache hat ihm diese Freude wohl nicht gegönnt und er steht zu sehr unterm Pantoffel, als dass er sich dagegen aufgelehnt hätte.

„Dann hast du nix mitbekommen?“

„Nein, ich habe so lange oben bleiben müssen, bis der heiße Feger wieder weg war.“

„Und woher wusstet ihr, wann sie weg war, wenn ihr derweil in der Gaststube wart?“

„Na ja, als das Gejohle und Geschreie beendet war, hat die Liesl nachgeschaut und dann habe ich wieder runter dürfen.“

„Weißt du noch, wann das war? Ich meine uhrzeitmäßig?“

„Mei, so kurz nach Mitternacht wird das gewesen sein.“

„Und dann bist du wieder runter und hast der Bagage was zum Trinken gebracht?“, hake ich nach.

„Freilich!“

„War denn da der Lechner Hansi auch in der Kegelbahn?“

„Der Lechner?“, fragt er und kratzt sich nachdenklich am Kopf. „Ich glaub schon, aber so genau habe ich da jetzt nicht auf jeden einzelnen aufgepasst.“

War eh klar!

Entweder er weiß es tatsächlich nicht, weil er einfach in seinem eigenen Rausch mit sich selber und dem Servieren von vollen Bierkrügen ohne größere Zwischenfälle beschäftigt war, oder er deckt den Lechner!

Himmel, Arsch und Zwirn!

So komme ich nicht weiter!

8. Kapitel

17. Juni, vormittags halb elf in Oberhunding

Nach dem Frühstück, packe ich meinen Laptop und checke meine Emails. Die Internetverbindung ist auf dem Hof meiner Eltern so verflucht schlecht, dass es eine gefühlte Ewigkeit dauert, bis ich den Posteingang öffnen kann. Als es endlich soweit ist, und ich die Mail der Gerichtsmedizin öffne, ergibt sich eine neue Hoffnung auf die Lösung des Falls.

Unter den Fingernägeln der Toten wurden DNA Spuren gefunden. Vermutlich hat sie sich gewehrt und den Mörder gekratzt, bevor er sie umgebracht hat.

Allerdings steht da auch, dass die DNA nicht im System gespeichert ist. Der Täter ist also noch nicht mit seiner DNA erfasst, was allerdings nicht weiter verwunderlich ist, denn ich denke, dass der Mörder im Dorf zu finden ist und ich bin ziemlich sicher, dass keiner der Einwohner von Oberhunding jemals eine DNA Probe bei der Polizei abgeben musste.

Doch jetzt habe ich zumindest eine Möglichkeit den Täter zu überführen. Ich brauche nur eine DNA Probe vom Lechner, um zu beweisen, dass er schuldig ist oder eben nicht. Da er mich allerdings hochkant aus seinem Haus geworfen hat, wird er mir sicherlich nicht freiwillig eine Probe von ihm geben. Was mich letztendlich dazu zwingt, mir diese heimlich zu besorgen.

Natürlich könnte ich das ganze über einen richterlichen Beschluss in die Wege leiten. Aber erstens dauert mir das viel zu lange und zweitens möchte ich den Hansi nicht noch mehr verärgern, ohne mit Sicherheit zu wissen, dass er der Schuldige ist. Immerhin ist er ein Freund meines Bruders und auch ich kenne ihn schon seit Kindertagen.

Wenn sich herausstellt, dass er unschuldig ist und ich ihn mit Großaufgebot verdächtigt habe, wird der Michi mir den Kopf abreißen. Entweder ich breche bei dem Hansi ein und mopse seine Zahnbürste, was ihn allerdings misstrauisch machen könnte, wenn diese plötzlich fehlt, oder ich besorge mir ein Haar von ihm.

Da der Hansi nicht unbedingt zu jenen gehört, die mit einer vollen Haarpracht gesegnet sind, sondern sich diese in Grenzen hält, befürchte ich, dass er gar keine Bürste besitzt, aus der ich mir ein paar Haare zupfen könnte. Vermutlich hat er lediglich einen Kamm und ob ich daran Haare finden würde, wage ich zu bezweifeln.

Daher muss ich irgendwie in seine Nähe kommen und ihm eins von seinem Kopf stehlen. Nur blöd, dass er derzeit nicht gut auf mich zu sprechen ist und mich nicht so leicht an sich ranlässt. Der Michi könnte mir helfen, aber ich befürchte, der wird sich weigern.

Immerhin gehört er zu der loyalen Sorte Mensch und das bedeutet, er verpfeift seinen Kumpel nicht.

Ich verwerfe den Gedanken, denn wenn ich Michi frage, wird dieser sicherlich den Lechner warnen und ich komme gar nicht mehr an die Probe ran. Daher verzichte ich wohl besser darauf meinen Bruder um Hilfe zu bitten. Immerhin ist er selbst nicht besonders gut auf die Polizei zu sprechen und ich vermute, dass er mir nie so richtig verziehen hat, dass ich mich dem Trachtenverein (so wie er die Polizei nennt) angeschlossen habe.

Während ich mir den Kopf zermartere, wie ich an Lechners Haare kommen könnte, reißt meine Mama die Tür zu meinem Zimmer auf.

„Heute ist die Sonnwendfeier, da kommst du schon mit, gell?“, fragt sie mich, während sie einen Fleischspieß in der Hand hält, auf dem ein Fleischpflanzerl steckt.

Sie sieht mich erwartend an, während ich mir überlege eine Ausrede einfallen zu lassen. Immerhin bin ich ja nicht zum Vergnügen in Oberhunding und außerdem habe ich ein schlechtes Gewissen, wenn ich hier abfeiere, während Manuel sich in München alleine die Zeit vertreiben muss.

Doch dann wird mir klar, dass es die Gelegenheit sein könnte, an dem Hansi seine Haare zu kommen. Sicher ist er auch auf dem Fest, denn das lässt sich kaum einer im Dorf entgehen. Immerhin zählt es zu den Hauptfestlichkeiten des Jahres, ungefähr so wie das Dorffest im August. Da ist wirklich ein jeder und feiert mit.

„Freilich Mama. Wann geht´s denn los?“

„Um sechs. Dass du aber fei ein Dirndl anziehst, gell!“ Bevor ich ihr antworten kann, hält sie mir den Fleischspieß mit dem Pflanzerl entgegen. „Mags´t probieren?“

Gerade als ich dankend ablehnen möchte, da ich um meine Figur fürchte und sich mit jeder Kalorienbombe die Gefahr erhöht, dass ich nicht mehr in meine alten Dirndl passe, die im Schrank hängen, kommt der Michi vorbei und fischt sich das Pflanzerl von dem Spieß.

„He, ich habe nicht dich gemeint!“, ruft sie ihm hinterher, während er unbeeindruckt das Treppenhaus passiert und zur Haustür raus verschwindet.

„Verfressener Lackl!“, brummt meine Mama und sieht mich entschuldigend an.

„Ich habe eh noch keinen Hunger“, entgegne ich beschwichtigend.

Sie ist im Begriff zu gehen und hat die Tür schon beinahe geschlossen, als sie diese nochmal öffnet.

„Jetzt hätte ich´s fast vergessen. Gestern Abend hat noch ein Manuel angerufen. Er kann dich auf dem Handy nicht erreichen und du sollst dich bei ihm melden.“

Ich springe vom Bett auf und hetze zu meinem Handy. Ein Blick darauf genügt und mir wird klar, dass ich etwa zehn Anrufe von ihm gestern Abend verpasst habe. Entweder ich hatte in der Wirtschaft keinen Empfang oder ich habe das Telefon nicht gehört. Was auch immer, ich sollte mich wirklich so schnell wie möglich bei Manuel melden!

„Ich rufe ihn gleich an!“

Als meine Mama keine Anstalten macht zu gehen, nicke ich ihr fragend zu. Das muss ich jetzt nicht unbedingt haben, dass sie mich bei meinem Telefonat mit Manuel belauscht.

„Ist das dein Freund?“, fragt sie neugierig nach und deutet mit der Fleischgabel auf mich.

„Ja.“

„Dann soll er kommen und heute mit auf die Sonnwendfeier gehen. Wird eh Zeit, dass wir ihn kennenlernen, meinst nicht?“, fragt sie mit einem deutlichen Vorwurf in ihrer Stimme.

„Ich kann ihn ja mal fragen.“

Ehrlichgesagt bin ich nicht sicher, ob ich ihm diese Dorfidylle antun möchte. Immerhin würde er bei meiner Familie auf den Prüfstand gestellt und das ist für einen Auswärtigen sicherlich kein Spaß. Außerdem kennt Manuel nur die Großstadt, denn er ist der Spross einer wohlhabenden Familie, die es sich leisten kann, im angesagtesten Viertel von München eine kleine Villa zu haben.

Auch sein Vater ist Anwalt, allerdings mit einer eigenen, verdammt gut gehenden Kanzlei. Für Manuel ist der Job als Staatsanwalt nur eine Übergangslösung. Sein Vater meint, es wäre gut erst auch in die Welt der Gegenseite etwas hineinzuschnuppern, bevor er sich als Anwalt in der Kanzlei einen Namen macht. Allerdings wird es nicht mehr lange dauern, bis er dort voll einsteigt, denn sein Vater ist auch nicht mehr der Jüngste.

Als die Mama endlich mein Zimmer verlassen hat, wähle ich Manuels Nummer. Leider erreiche ich nur die Mailbox und spreche ihm darauf, dass ich nun wieder erreichbar bin. Anschließend sehe ich mich in meinem ehemaligen Jugendzimmer um.

Alles ist noch genauso wie ich es verlassen habe. Die gemusterte Tapete, der alte Holzschrank (ein Erbstück meiner Urgroßmutter) und der dunkelbraune Dielenboden. Als mein Blick auf den Schrank fällt, erinnere ich mich an meine Dirndl.

Ich öffne den Schrank und ein Schmunzeln hebt meine Mundwinkel. Alles noch da, als wäre ich erst gestern ausgezogen. Damals habe ich nur ein einziges Dirndl mit nach München genommen, denn außer zum Oktoberfest, trage ich dort keine Tracht.

So hängen sie noch da, feinsäuberlich aufgereiht. Ich angle nach dem ersten, meinem Lieblingsdirndl. Andächtig fahre ich mit der Handfläche über die Schürze. Ich habe es ewig nicht getragen und hoffe wirklich, dass ich da noch reinpasse. Der Vorteil an einem Dirndl ist ja, dass es wunderbar die weibliche Figur zur Geltung bringt und das ein oder andere Röllchen an den Hüften kaschiert.

Ich ziehe mich bis auf die Unterwäsche aus und schlüpfe in das wunderschöne Stück Stoff. Beim Schließen des Oberteils muss ich den Atem anhalten und den Bauch einziehen. Aber es geht zu, auch wenn das Atmen nicht mehr ganz so unbeschwert geht. Beim Blick in den Spiegel fällt mir noch ein Detail ins Auge, was ein Dirndl, erst recht ein eng sitzendes, ausmacht.

Das Dekolleté!

In keinem anderen Kleidungsstück wird mein Busen so perfekt in Szene gesetzt, wie bei der guten alten Tracht. Nun sehe ich wieder aus, wie das Madl von damals, das hinaus in die große weite Welt wollte, um nicht in Oberhunding zu versauern.

Das Klingeln meines Telefons reißt mich aus meinen Gedanken und als ich Manuels Namen auf dem Display sehe, nehme ich das Gespräch schnell an.

„Na endlich erreiche ich dich!“, sagt er beinahe aufgebracht.

„Entschuldige, aber gestern Abend musste ich noch arbeiten.“

„Und da konntest du nicht ans Telefon gehen?“

„Nein, ich befand mich in einer Befragung.“

„Zu so später Uhrzeit?“

„Ja mei, auf dem Land ticken die Uhren eben anders. Da muss man sich nach den Leuten richten.“

Ich erzähle ihm jetzt nicht, dass ich den Abend mit viel Alkohol und einer ganzen Horde Männer verbracht habe. Schließlich möchte ich ihn nicht beunruhigen. Bevor er weiter nachbohren kann, erzähle ich ihm von dem Plan meiner Mama.

„Du, hier ist heute ein Sonnwendfeuer und meine Mama hat gemeint, du könntest ja herkommen, dann würden sie dich auch endlich kennenlernen."

„Heute?", fragt er wenig begeistert. „Ehrlichgesagt, bin ich heute schon mit meinen Eltern zum Essen verabredet. Ich dachte eigentlich, du würdest heimkommen, zumindest übers Wochenende."

Sicherlich gibt es da was anderes, als Brathendl und Schweinshaxe. Dennoch muss ich gestehen, dass mir die Aussicht auf dieses deftige Essen mehr zusagt, als der verdammte Kaviar und die Prickelbrause, die sie Champagner nennen.

„Ich würde ja so gerne. Aber ich bin hier einer ganz heißen Spur auf der Fährte."

„Also kommst du nicht?", fragt er nicht gerade begeistert.

„Nicht solange dieser Fall nicht geklärt ist. Mein Papa reißt mir den Kopf ab, wenn ich nicht dranbleibe, damit er wieder auf seinen Hochsitz kann."

„Na dann halte dich ran, Süße! Sonst vergehe ich hier noch vor Sehnsucht."

Er macht keine Anstalten mein Angebot anzunehmen, um mich hier zu besuchen. Langsam glaube ich, dass er gar kein Interesse daran hat, meine

Eltern kennenzulernen. Vielleicht tue ich ihm ja Unrecht und er überlegt es sich die nächsten Tage doch noch anders.

Als ich das Gespräch beende, fühle ich mich seltsam bedrückt. Auch wenn ich es mir Manuel gegenüber nicht anmerken lasse, kränkt es mich, dass er so gar kein Interesse daran hat, meine Familie kennenzulernen und zu erfahren, wo ich herkomme.

Beinahe macht es den Eindruck, als würde er sich dafür schämen, dass ich als Dorfmädchen aufgewachsen bin und nicht wie er einer wohlhabenden Familie angehöre. Es beschleicht mich ein ungutes Gefühl, welches ich versuche zu ignorieren.

Ich drehe mich vor dem Spiegel und beschließe mir von Manuel den Abend nicht verderben zu lassen. Auch wenn ich in erster Linie beruflich dieses Fest besuchen werde, so lasse ich es mir nicht nehmen auch etwas Spaß zu haben. Da bin ich dann wohl Manuel etwas voraus, denn in einem bin ich mir ziemlich sicher; spaßig wird der Abend mit seinen Eltern eher nicht.

9. Kapitel

17. Juni, abends halb sieben in Oberhunding

Ich sitze mit meiner Familie an einem der aufgestellten Biertische und halte Ausschau nach dem Lechner. Mein Bruder behält mich im Auge, so als wüsste er, dass ich nicht nur zum Vergnügen mitgekommen bin. Dabei versuche ich seinen misstrauischen Blick zu ignorieren. Am unauffälligsten ist es wohl, wenn ich so tue, als würde ich es gar nicht bemerken.

„Ich versteh einfach nicht, warum du dir bei all den feschen Burschen da, keinen findest!“

Diese Worte brüllt meine Oma über den ganzen Tisch und sieht mich beinahe vorwurfsvoll an. Die Lautstärke ihrer Stimme hat dafür gesorgt, dass es jeder hier Anwesende mitbekommen hat und ich nun die Aufmerksamkeit aller Festbesucher habe. Ein Blick in die Runde zeigt mir, dass nicht nur meine Oma dieser Auffassung ist und ich stoße auf viele grinsende Gesichter, die sich vermutlich köstlich darüber amüsieren, dass ich nun rot anlaufe.

„Danke Oma!“, murmle ich genervt und nehme einen großen Schluck aus meinem Bierkrug.

Manuel hätte mir diese Blamage ersparen können, wenn er sich dazu herabgelassen hätte, mich zu besuchen. Aber offensichtlich hat er Angst, die Landluft könnte ihm nicht bekommen. Sein Fernbleiben hat jedoch bei meiner Oma den Verdacht geschürt, ich hätte meine Beziehung nur erfunden, damit sie mich nicht länger damit aufziehen. Ihrer Meinung nach bin ich in Wahrheit vogelfrei und gehöre dringend unter die Haube, bevor die besten Partien weg sind. Jetzt denkt ganz Oberhunding, ich wäre eine wählerische alte Jungfer, die keinen Mann abbekommt. Meine Oma hat wirklich ganze Arbeit geleistet.

„Geh Oma, die Franzi hat doch einen Freund in München“, erklärt ihr meine Mama nun ebenfalls schreiend, um die Oma an Peinlichkeit noch zu überbieten.

„Hast du denn schon gesehen?“, ruft die Oma zurück und nun habe ich endgültig genug.

Ich stehe auf und gehe zum Feuerwehrhaus, in dessen Nähe das Sonnwendfeuer stattfindet. Dort sind die Toiletten geöffnet und auch wenn ich eigentlich gar nicht muss, ist es nun dringend erforderlich, diese aufzusuchen.

Auf dem Weg dorthin kommt mir jemand entgegen, den ich schon sehr lange nicht mehr gesehen habe. Der Meindl Florian, mein ehemaliger Schwarm aus Kindertagen. Leider hat er niemals Anstalten gemacht, mein Interesse zu erwidern, was vielleicht auch an meiner schrecklichen Zahnspange und den vielen Pickeln im Gesicht gelegen haben könnte.

„Franzi, bist du es wirklich?“, fragt er mindestens genauso überrascht wie ich.

Gleich nach dem Abitur ist er verschwunden. Ich habe gehört, er solle zum Studieren nach Regensburg gezogen und ein renommierter Chirurg geworden sein. Warum er jedoch heute hier ist, weiß ich nicht. Vielleicht ist er auch auf Heimatbesuch, so wie ich.

„Florian, dich habe ich ja ewig nicht mehr gesehen.“

Ich bin bemüht, cool und gelassen rüberzukommen, werde aber das Gefühl nicht los, dass er mir meine Aufregung anmerkt. Keine Ahnung, warum dieser Mann mich auch heute noch, nach so vielen Jahren, aus der Fassung bringt und meine Stimme deutlich zittern lässt. Dabei bin ich doch nicht mehr das kleine verliebte Mädchen von damals. Herr Gott nochmal, ich bin eine erwachsene Frau mit Teenageranfällen!

„Gut schaust du aus, Franzi. Die Großstadt scheint dir zu bekommen.“

Er mustert mich von oben bis unten und ganz plötzlich bin ich froh, dass Manuel nicht mitgekommen ist. Wo kommt denn jetzt dieser Gedanke her?

„Danke, ich kann das Kompliment nur zurückgeben. Was hat dich denn hierher verschlagen?“

„Ich habe die Praxis von Dr. Weinzierl übernommen. Er sollte doch eigentlich schon lange in seinen wohlverdienten Ruhestand gehen, aber bisher hat sich kein Nachfolger gefunden."

„Und da hast du dich dazu überreden lassen, hier als Hausarzt einzuspringen?", frage ich überrascht.

„Ich hatte die Schnauze voll von der Großstadt und den riesigen Kliniken, in dem jeder Patient nur noch eine Nummer ist. Am Dorf ist es ruhiger und man kommt auch noch dazu zu leben."

Insgeheim frage ich mich, ob er verheiratet ist. Mit Sicherheit, ist ein Mann wie er nicht mehr auf dem freien Markt. Gut gebaut, dunkle perfekt frisierte kurze Haare und obendrein noch ein erfolgreicher Arzt. Es würde geradezu an ein Wunder grenzen, wenn Florian noch Single wäre. Was mir sowieso völlig egal sein kann, denn immerhin bin ich vergeben!

„Und du bist hier, um den Mörder dieser jungen Frau zu finden?"

„Das hat sich vermutlich schon im ganzen Dorf rumgesprochen."

„Sogar bis zu mir ist es schon vorgedrungen", grinst er verschmitzt.

Verdammt dieser Kerl hat wirklich ein teuflisch heißes Lächeln. Kein Wunder, dass ich schon als Teenie auf ihn abgefahren bin. Doch genauso wie damals, spielt er heute außerhalb meiner Liga. Falls er tatsächlich noch Single sein sollte, hat er bestimmt an jeder Hand fünf Frauen und eine Affäre nach der anderen.

Wenn er erst hier als Hausarzt tätig ist, werden die Weiber ihm die Bude einrennen und noch Krankheiten erfinden, wenn es sein muss. Vielleicht sollte ich mich auch mal wieder untersuchen lassen. So von Kopf bis Fuß durchchecken und währenddessen den sexy Arzt anschmachten.

Während ich mich in meinen Phantasien beinahe verliere, sehe ich aus dem Augenwinkel den Lechner Hansi auf die Herrentoilette zugehen.

„Lass uns doch was zusammen trinken und über alte Zeiten quatschen", schlägt Florian vor.

„Sehr gerne, aber ich muss noch kurz für kleine Mädchen. Ich komme gleich nach."

Florian zwinkert mir zu, bevor er sich abwendet und zurück zur Feier geht. Derweil warte ich darauf, dass der Lechner aus der Toilette kommt. Ich muss die Gelegenheit nutzen, denn so schnell werde ich ihn nicht mehr in die Finger bekommen, ohne dabei von meinem Bruder beobachtet zu werden.

Als der Hansi endlich herauskommt, weicht er zurück und sieht mich mit hochgezogener Braue an. Er kneift seine Augen zusammen und bombardiert mich mit vernichtenden Blicken, sagt allerdings kein Wort.

„Ich wollte mich bei dir entschuldigen. Es tut mir leid, dass ich dich verdächtigt habe, aber es ist nun einmal mein Job jedem noch so kleinen Hinweis nachzugehen.“

Meine Entschuldigung kommt mir leicht über die Lippen, obwohl ich sie eigentlich nicht ernst meine. Immerhin habe ich ihn noch immer in Verdacht. Aber was macht man nicht alles, um an seine Beweise zu kommen.

Hansi mustert mich misstrauisch und ich befürchte, ich muss noch einen nachsetzen.

„Komm schon, der alten Zeiten Willen! Immerhin bist du der Freund vom Michi, da kannst du doch nicht mehr sauer auf mich sein!“

Er zögert, doch dann wird seine Miene etwas nachgiebiger und weicher. Nach einer Weile stößt er seinen Atem aus und zieht einen Schmollmund. Anschließend zuckt er mit seinen Schultern, vergräbt seine Hände in den Hosentaschen und schüttelt seinen Kopf.

„Okay, aber du nervst mich nicht länger mit deinen Verdächtigungen okay? Ich habe die Frau nicht getötet!“

Ich breite meine Arme aus und fordere ihn zu einer Umarmung auf. Natürlich ist mir klar, dass diese Geste völlig untypisch für mich ist und als ich meine Hände um seinen Hals schlinge, spüre ich, wie Hansi sich verspannt.

Vielleicht ist es ihm unangenehm oder ich habe ihn einfach nur überrumpelt. Was auch immer, nach kurzem Zögern, legt auch Hansi seine Hände um meinen Rücken und drückt mich an sich. Ich hoffe wirklich, dass er sich nach dem Pinkeln seine Hände gewaschen hat!

Plötzlich scheint ihm diese Situation gar nicht mehr unangenehm zu sein. Im Gegenteil, offensichtlich gefällt es ihm sogar!

Ich nutze diesen Moment und reiße ihm ein Haar aus, bevor ich mich von ihm löse. Als er einen knappen Schmerzenslaut entlässt, trete ich einen Schritt von ihm zurück.

„Entschuldige ich habe mich mit meiner Uhr in deinen Haaren verheddert."

Er reibt sich über die Stelle und sieht beinahe beschämt zu Boden, bevor er sich mit einem knappen Nicken abwendet und zurück zur Feier geht.

Als er außer Sichtweite ist, hole ich ein kleines Tütchen aus meiner Tasche und verstaue Hansis Haare darin. Wenn er tatsächlich der Mörder ist, dann ist er fällig. Wenn nicht, meinte ich jedes einzelne Wort ernst, das ich ihm zuvor gesagt habe.

Ich verbringe den Rest des Abends damit mich mit Florian zu unterhalten. Die Zeit vergeht wie im Fluge und wir unterhalten uns über alles Mögliche. Dabei erfahre ich auch, dass Florian tatsächlich Single ist.

Warum ich ihm verschweige, dass ich sehr wohl einen Freund habe, kann ich nicht genau sagen. Zumindest habe ich nicht gelogen, denn er hat mich nicht direkt danach gefragt. Gewissermaßen habe ich dieses Detail meines Lebens lediglich nicht erwähnt.

Als das Feuer entzündet wird, stellen sich alle darum auf. Alle, außer Florian und mir. Wir bleiben am Tisch sitzen, total in unser Gespräch vertieft. Daher bemerke ich auch erst nach einer Weile, dass die Oma ebenfalls noch am Tisch sitzt und mit einem seligen Lächeln auf den Lippen zu uns herüberstarrt.

Als sich unsere Blicke kreuzen, zieht sie ihre Augenbrauen in die Stirn und nickt hektisch, während sich ein breites Grinsen auf ihrem Gesicht ausbreitet. Ich schüttle den Kopf und rolle mit den Augen. Florian sieht mich stirnrunzelnd an und folgt meinem Blick.Meine Oma zwinkert ihm verschwörerisch zu und löst dadurch auch ein breites Grinsen bei ihm aus.

„Deine Oma flirtet mit mir“, flüstert er mir zu.

„Bilde dir nichts darauf ein. Sie würde jeden so anstrahlen, der auch nur im Entferntesten als potenzieller Partner für mich in Frage käme“, entgegne ich, während ich meine Augen verdrehe.

„Was hältst du davon, wenn wir beide morgen Abend Essen gehe? Natürlich nur, um deiner Oma eine Freude zu machen.“

„Natürlich nur deshalb!“, stimme ich ihm verschwörerisch zu.

„Na dann, hole ich dich gegen 19 Uhr ab.“

Ich versuche angestrengt mir meine Freude nicht anmerken zu lassen. Dabei bin ich so aufgeregt, als hätte ich mich soeben zu meinem ersten Date verabredet. Florian ergreift seinen Bierkrug und stößt ihn an den meinen. Nicht nur, dass ich viel zu üppig esse, seit ich zurück in meinem Heimatort bin, ich trinke auch eindeutig zu viel Alkohol.

Das Sonnwendfeuer erhellt den Himmel und die Funken sprühen nur so in den Himmel. Der Anblick ist faszinierend und mit einem Mal fühle ich mich wieder zurückversetzt in eine Zeit, in der ich gerne hier gelebt habe.

Ich dachte immer die Großstadt hätte mich verändert, doch dem ist nicht so. Es ist dieser Ort, der mich verändert. Er macht mich zu einem Landei, welches sich selbst nach all der Zeit hier noch heimisch fühlt.

Vermutlich wird dies auch immer so bleiben. Egal wie lange ich von hier weggezogen bin. Es ist und bleibt meine Heimat. Erneut beschleicht mich ein mulmiges Gefühl bei dem Gedanken, dass Manuel diesen Teil von mir augenscheinlich am liebsten aus meinem Leben löschen würde.

Florian hingegen hat sogar den Weg zurück gemacht. Er hatte vermutlich alles, was man sich in seinem Leben nur wünschen kann. Dennoch hat er das alles aufgegeben, für ein Leben als Landarzt. Ich bin nicht sicher, ob ich ihn bewundern oder bedauern soll.

10. Kapitel

18. Juni, morgens halb neun in Oberhunding

Nach dem Aufstehen dröhnt mein Kopf. Alkoholgenuss zwei Tage hintereinander vertrage ich verflucht schlecht. Als erstes gönne ich mir eine Kopfschmerztablette, bevor ich versuche die Spuren des Abends einigermaßen aus meinem Gesicht zu kaschieren.

Doch kaltes Wasser und eine Bürste allein, ist dazu nur begrenzt in der Lage. Erst nach einer dünnen Schicht Make-up bin ich mit dem Ergebnis zufrieden. Anschließend krame ich das Tütchen mit Lechners Haaren aus meiner Tasche und halte es gegen das Licht.

Ob der Hansi tatsächlich diese Frau umgebracht hat?

Er ist wirklich nicht der Typ, den man sich bei einem Frauenmörder vorstellt. Dennoch führen alle Spuren zu ihm, also bleibt mir gar keine andere Wahl, als ihn zu überprüfen. Allerdings kann ich nicht leugnen, dass die Vorstellung mir Bauchschmerzen bereitet. Michi würde mich vermutlich dafür hassen, wenn ich einen seiner Freunde hinter Gitter bringe. Aber ich kann in diesem Fall keine Rücksicht nehmen.

Ich bringe die Probe noch heute zur Dienststelle und schicke Sebastian Greiner eine kurze Nachricht, um ihn über mein Auftauchen zu informieren. Anschließend schnappe ich mir meine Tasche, packe das Tütchen zurück und verlasse mein Zimmer.

Auf dem Flur begegnet mir mein Bruder, der noch schlimmer aussieht, als ich zuvor. Keine Ahnung wie viel er gestern getrunken hat, doch es war eindeutig mehr, als er verträgt. Ich bin nicht sicher, ob er das Badezimmer aufsucht, um zu pinkeln oder zu kotzen. Vermutlich beides!

„Guten Morgen“, rufe ich ihm zu, woraufhin er sich seine Handflächen gegen die Ohren presst.

„Nicht so laut, verdammt!“, knurrt er und schlürft an mir vorbei.

Ich kann mir ein Schmunzeln nicht verkneifen und koste die Schadenfreude genüsslich aus, während ich nach unten laufe. In der Küche wartet bereits ein reich gedeckter Frühstückstisch, doch dafür habe ich heute weder Zeit noch bin ich hungrig.

Kein Wunder, immerhin esse ich seit ich hier angekommen bin beinahe ununterbrochen. Als ich lediglich nach einer Tasse Kaffee greife und im Stehen einen Schluck daraus nehme, sieht mich meine Mama sehr vorwurfsvoll an.

„Setz dich zum Frühstück!“

„Ich habe keinen Hunger Mama.“

„Morgens muss man etwas essen.“

„Aber ich muss los, denn ich habe einen Termin.“

„Ohne Essen gehst du mir nicht aus dem Haus!“

Ich kenne diese Drohungen meiner Mutter und weiß, dass sie es ernst mein. Bevor ich mich also auf weitere Diskussionen einlasse, schnappe ich mir ihr angebissenes Marmeladenbrot vom Teller und beiße genüsslich ab, während ich die Küche verlasse.

„Bis später!“, rufe ich noch zurück, während meine Mama seufzend ihren Kopf schüttelt und der Papa seinen Blick nicht von der Zeitung nimmt.

Ich wundere mich, dass die Oma nicht da ist. Denn normalerweise lässt sie kein Frühstück ausfallen. Da sie allerdings gestern ebenfalls für ihre Verhältnisse einiges gebechert hat und sie außerdem normalerweise spätestens um neun Uhr im Bett liegt, ist sie vermutlich heute auch etwas angeschlagen.

Als ich bei der Haustüre ankomme, höre ich hinter mir ein leidiges Stöhnen. Ich wende mich um und just in diesem Moment kommt die Oma schlürfend die Treppe herab. Sie hält sich den Kopf und stöhnt leidend vor sich hin.

„Ja Oma, was ist denn los?“, frage ich wirklich besorgt.

„Ach leck mich doch am Arsch. Als junges Madl, wenn ich zu viel getrunken habe, dann hat mir das nix ausgemacht. Vor zwanzig Jahren, habe ich am nächsten Tag ein bisschen Schädelweh g´habt. Aber so wie ich mich jetzt fühl, habe ich die ganze Woche was davon.“

Ganz langsam steigt sie die Stufen herab. Nicht weil sie schlecht auf den Beinen ist, denn meine Oma ist für ihr Alter noch ziemlich fit. Es scheint vielmehr, als hätte sie bei jedem Schritt Angst, ihr Kopf könnte explodieren.

Ich verkneife mir einen blöden Spruch und verlasse das Haus, um mich auf den Weg zur Dienststelle zu machen, wo ich hoffentlich schon von Sebastian erwartet werde. Auch wenn der Fall gelöst wäre, wenn ich mit meiner Vermutung richtig liegen würde, eigentlich wäre es mir lieber, es wäre nicht Hansis DNA, die unter den Fingernägeln der Toten gefunden wurde.

Als ich dort ankomme, werde ich von Sebastian bereits erwartet.

„Respekt Huberin, du bist wohl eine Freundin von schnellen Ergebnissen.“ Er empfängt mich mit anerkennenden Worten und ich frage mich, ob er es ernst meint oder mich lediglich aufziehen möchte.

„Kannst du dafür sorgen, dass ich die Ergebnisse so schnell wie möglich erhalte?“, frage ich mit hochgezogenen Brauen ohne auf seine Bemerkung weiter einzugehen.

Ich halte ihm das Tütchen mit den Haaren vor die Nase und er schnappt es sich mit einer schnellen Handbewegung.

„Du weißt sicherlich, dass ein DNA Abgleich mindestens eine Woche dauert. Aber ich werde dafür sorgen, dass deine Probe so schnell wie möglich untersucht wird."

Als er es genauer unter die Lupe nimmt, fällt ihm natürlich auf, dass ich es nicht beschriftet habe. Mit vorwurfsvollem Blick sieht er mich an.

„Von wem stammen die Haare?"

„Von einem Verdächtigen."

„Dessen Name da warum nicht draufsteht?", fragt er vorwurfsvoll.

„Er weiß nicht, dass ich die Haare von ihm habe und untersuchen lasse."

Sebastians Augen weiten sich zunehmend und der Vorwurf auf seiner Miene verstärkt sich ebenfalls.

„Hör zu, ich kenne die Leute von Oberhunding alle und es fördert nicht gerade meine Beliebtheit, wenn ich einen der Bürger verdächtige und sich dann herausstellen sollte, dass ich völlig falsch gelegen bin. Falls das Ergebnis positiv ausfällt, werde ich ihn sofort verhaften."

Sebastian stößt angespannt den Atem aus und schüttelt mit dem Kopf.

„Du bist noch die gleiche Nervensäge wie damals in der Schule, Huberin! Nur, dass dein Gebiss nicht mehr so deformiert aussieht."

Nun bin ich es, die ihm einen vorwurfsvollen Blick zuwirft. Ich verenge meine Augen zu Schlitzen, was ihm jedoch nur ein belustigtes Lächeln entlockt. Mir ist klar, dass er versucht das Spiel aus unserer Schulzeit fortzuführen, indem er mich bis zur

Weißglut reizt. Doch ich bin nicht mehr der unkontrollierte, hormongesteuerte Teenager von damals. Daher entspanne ich meine Miene und schenke ihm ein müdes Lächeln.

„Gib mir einfach Bescheid, wenn du das Ergebnis hast!"

Ich wende mich ab, um von hier zu verschwinden.

„Warte Huberin, ich habe da noch was für dich!"

Langsam aber sicher nervt der Typ mich gewaltig. Denn jede Minute, die ich mit ihm zusammen bin weckt unangenehme Erinnerungen in mir. Allerdings geht es hier nicht um meinen verletzten Stolz von damals, sondern um einen Mordfall der geklärt werden muss.

Daher wende ich mich ihm wieder zu und folge ihm in sein Büro, als er mich dazu auffordert. Dort angekommen, schlägt er die Akte auf und zeigt mir Reifenabdrücke.

„Diese sind in der Nähe des Opfers gefunden worden. Sie gehören einer eher seltenen Reifengröße an, die vorwiegend von schweren SUV´s gefahren werden."

„Hm, vielleicht sind es die Spuren von dem Auto meines Papas", vermute ich.

Leider bin ich absolut unbeholfen mit allem was mit Fahrzeugen zu tun hat. Das einzige was ich dahingehend zuordnen kann, sind PS. Alles andere ist für mich reines Kauderwelsch, was keinen Sinn ergibt.

„Soweit ich weiß hat dein Vater einen Suzuki Jimny und die haben viel schmälere Reifen. Das hier ist vermutlich ein fetter Wagen. Fahren denn noch andere, außer deinem Vater auf diesen Forststraßen?“

„Soweit ich weiß eigentlich neben den Jägern nur Traktoren und Forstfahrzeuge. Ich frage mal meinen Papa ob irgendeiner der Jäger einen Wagen mit dicken Reifen fährt“, schlage ich Sebastian vor.

„Das könnte der Schlüssel zu unserem Mörder sein“, murmelt er nachdenklich.

„Mal sehen, vielleicht hast du den Schlüssel ja bereits in der Hand.“

Ich zwinkere ihm zu und deute mit meinem Kinn auf das kleine Tütchen, in dem sich Lechners Haare befinden. Anschließend wende ich mich ab und verlasse sein Büro.

„Du musst wohl noch immer das letzte Wort haben, Huberin?!“, ruft er mir belustigt hinterher.

„Natürlich!“, entgegne ich grinsend und winke ihm zu, ohne mich noch einmal zu ihm umzudrehen.

Ich höre ihn laut lachen. Es hallt in meinen Ohren nach, bis ich schließlich in das Treppenhaus gelange, welches mich nach draußen führt.

11. Kapitel

19. Juni, morgens halb zehn in Oberhunding

Als mein Telefon klingelt, krame ich es aus meiner Hosentasche. Es ist eine Nachricht von Florian, in der er mich fragt, ob wir wieder gemeinsam Essen gehen. Ich weiß, dass es absolut nicht richtig ist so viel Zeit mit ihm zu verbringen. Immerhin habe ich Manuel, der allerdings nicht besonders traurig über unsere Fernbeziehung zu sein scheint.

Er behauptet unheimlich viel zu tun zu haben, denn die Fälle würden sich auf seinem Schreibtisch stapeln. Daher hätte er für mich derzeit sowieso kaum Zeit. Es klingt beinahe so, als wolle er, dass ich ruhig noch etwas in Oberhunding bleibe. Vermutlich tue ich ihm unrecht und er möchte mir einfach kein schlechtes Gewissen machen, weil ich ihn so lange alleine lasse.

Bei diesem Gedanken habe ich ein noch viel schlechteres Gewissen. Doch zumindest habe ich Florian gegenüber schon erwähnt, dass ich in einer Beziehung bin. Da er sich jedoch weiterhin mit mir treffen möchte und auch keine Anstalten macht mich richtig anzubaggern, gehe ich davon aus, dass er sich mit einer Freundschaft zufriedengibt.

Dadurch mindert sich mein schlechtes Gewissen und ich ignoriere einfach die Tatsache, dass ich Florians Gesellschaft viel zu sehr genieße. Mit einer kurzen Nachricht stimme ich seinem Vorschlag zu, am Wochenende einen Wanderausflug mit ihm zu machen.

Anschließend gehe ich gutgelaunt nach unten in die Küche, wo meine Mama das Essen zubereitet, während der Papa am Tisch sitzt und Zeitung liest.

„Kann ich dir helfen?“

Der Blick meiner Mama zeigt mir deutlich, was sie von meiner Frage und somit von meinen Kochkünsten hält. Doch dann heben sich ihre Mundwinkel zu einem Lächeln.

„Freilich! Ist vielleicht ganz gut, wenn ich dir endlich beibringe, etwas Gescheites zu kochen. Immerhin geht die Liebe auch durch den Magen.“

Natürlich verstehe ich ihre Andeutung. Sie will vermutlich damit sagen, dass mich nie ein Kerl vor den Traualtar schleppt, wenn ich nicht anständig kochen kann. Dabei habe ich nicht vor, jemals zu heiraten. Da ich jedoch ihre Einstellung dazu kenne, unterlasse ich es ihr zu sagen, dass auf meinem Grabstein vermutlich einmal Huber stehen wird. Stattdessen nicke ich brav und führe ihre Anweisungen aus.

„Du Papa, hat eigentlich einer deiner Jagdgenossen einen großen SUV?“

„Was ist denn ein SUV?“

„Na sowas wie dein Auto, nur in groß!“

„Hm“, brummt er nachdenklich. „Nein, die haben alle den gleichen wie ich!“

„Bist du dir da sicher?“, hake ich nach.

„Ganz sicher! Wir haben eine Großbestellung gemacht, weil er da billiger war.“

„Alle Jäger im Dorf haben das gleiche Auto?“, frage ich ungläubig.

„Freilich! Sogar die gleiche Farbe. Immerhin braucht man auf der Jagd ein unauffälliges Grün.“

Ich tausche mit meiner Mama Blicke aus, wobei sie mit den Schultern zuckt, als wäre das Erklärung genug für das komische Verhalten dieser Jägergesellschaft. Alles muss man wirklich nicht verstehen. Doch zumindest weiß ich somit, dass keiner von Papas Jagdfreunden die Spuren hinterlassen hat. Somit war es vermutlich tatsächlich der Mörder, was bedeutet, dass Sebastian die richtigen Rückschlüsse gezogen hat. Und zwar vor mir!

Ich muss gestehen, das nagt an mir!

Auch wenn mich dieser Kerl zur Weißglut treibt und ich bei ihm sämtliche Selbstbeherrschung zusammenkratzen muss, um nicht auf seine Sticheleien einzugehen, muss ich zugeben, dass er offensichtlich ein guter Polizist ist. Nicht so gut wie ich natürlich, aber immerhin.

Aber wo soll ich da jetzt anfangen zu suchen? Am besten ich sehe mal in Lechners Garage nach, ob er dort vielleicht einen solchen Wagen stehen hat. Bisher habe ich ihn nur mit seinem alten Golf gesehen und eigentlich glaube ich auch nicht, dass er noch ein anderes Auto hat. Aber da es Hinweise auf einen Wagen mit sehr breiten Reifen gibt, muss ich der Sache nachgehen.

Wenn ich doch nur schon die Ergebnisse der DNA Probe hätte, dann könnte ich mir die Suche nach dem Fahrzeug sparen. Falls es Hansis Spuren unter den Fingernägeln der Toten waren, wäre die Sachlage ziemlich klar und die Reifenspuren könnten mir einerlei sein.

„Kennt ihr jemanden, der ein Auto mit sehr breiten Reifen fährt?", frage ich meine Eltern, während ich die Semmelknödel für den Schweinebraten drehe.

„Weil ich auf die Reifen von anderen Leuten aufpasse!", brummt mein Papa.

„Oder jemanden mit einem richtig fetten Wagen. Irgendein Auffälliger, der einem sofort ins Auge sticht?"

„Wäre mir nicht aufgefallen", antwortet mein Vater.

„Ich wüsste auch keinen, der ein neues Auto hat", entgegnet meine Mama kopfschüttelnd.

„Und der Lechner Hansi hat noch immer seinen Golf oder?"

„Du hast dich richtig an dem Hansi festgebissen oder?", knurrt der Michi, da er gerade zur Küchentür reinkommt.

Als ich einen Blick über die Schulter in seine Richtung riskiere, ernte ich einen vorwurfsvollen Blick.

„Hat er oder hat er nicht?"

„Ja, hat er!", antwortet Michi energisch und schüttelt seinen Kopf. „Wie oft soll ich dir eigentlich noch sagen, dass der Hansi mit dem Mord nichts zu tun hat? Lass ihn endlich in Ruhe!"

„Ist dir vielleicht ein Wagen mit breiten Reifen im Dorf aufgefallen?"

Michi legt seine Stirn in Falten und es scheint so, als würde er tatsächlich angestrengt darüber nachdenken. Nach einem kurzen Augenblick schüttelt er seinen Kopf.

„Der Feilmeier Stefan hat sich einen neuen Renault gekauft. So einen Kombi, weil seine Frau Nachwuchs erwartet. Am Stammtisch hätte er beinahe geheult, als er uns davon erzählt hat, dass er seinen heißgeliebten Golf hergeben musste, den er in jahrelanger Kleinarbeit aufgemotzt und gepflegt hat. Er hat tief bedauert, dass sein neuer Wagen so müde ist, dass er kaum einen Bulldog überholen kann. Also breite Reifen hat der sicher nicht!"

So komme ich also nicht weiter. Mit einem Seufzen wasche ich meine Hände und überlege angestrengt, ob die Wagenspuren vielleicht doch ins Leere führen. Vermutlich hat sich irgendein Tourist mit seinem fetten SUV verfahren und hat überhaupt nichts mit dem Mord zu tun.

Vorerst sollte ich mich vorwiegend an die DNA Spuren halten. Es nervt mich, dass dieser Fall so undurchsichtig ist. Ich kann mir einfach nicht vorstellen warum der Hansi die Stripperin umgebracht haben sollte. Selbst wenn er mehr von ihr wollte, würde er sie doch nicht wegen einer Abfuhr erwürgen. Eigentlich hat er überhaupt kein Motiv.

Ich sollte mir die persönlichen Daten des Opfers genauer anschauen und in ihrem engeren Umkreis nach dem Mörder suchen. Immerhin ist sie einem Beruf nachgegangen, der nicht gerade hoch angesehen ist. Vielleicht gibt es ja einen eifersüchtigen Freund, der ihr zum Auftritt gefolgt ist und anschließend die Beherrschung verloren hat.

So wie ich Sebastian kenne, wird er dahingehend vermutlich schon Nachforschungen angestellt haben. Allerdings hat er gestern nichts darüber erwähnt, was wohl bedeutet, dass er noch nichts Auffälliges gefunden hat. Dennoch werde ich nach dem Mittagessen nochmal zur Dienststelle fahren und mir mal ansehen, was der liebe Herr Oberkommissar schon alles in Erfahrung gebracht hat.

12. Kapitel

19. Juni, nachmittags halb zwei in der Dienststelle Passau

Heute habe ich mich nicht angemeldet und da ich ja nun weiß, wo sich Sebastians Büro befindet, zeige ich dem Kollegen an der Pforte meinen Ausweis, damit er mich passieren lässt. Nach einem kurzen Anklopfen öffne ich Sebastians Bürotür ohne auf seine Einladung zu warten.

„Ja, die Huberin. Du beehrst mich schon wieder mit deiner Anwesenheit. Hattest wohl schon wieder Sehnsucht nach mir.“ Er lehnt sich in seinem Stuhl zurück und verschränkt die Arme vor seiner Brust, während er mich frech angrinst.

Wenn er nicht so ein überhebliches, arrogantes Arschloch wäre, würde ich ihn vermutlich sogar als gutaussehend bezeichnen. Immerhin waren sein schönes, markantes Gesicht, die athletische Figur und seine blonden, halblangen Haare bereits in der Schule ein regelrechter Magnet für das weibliche Geschlecht

Alle haben ihn angehimmelt und hätte er mich nicht ständig auf dem Kicker gehabt und mich drangsaliert, hätte ich vermutlich ebenfalls für ihn geschwärmt. So jedoch, hat er schon damals dafür gesorgt, dass ich ihn einfach nur unendlich nervig finde.

„Das hättest du wohl gerne!“, entgegne ich und verdrehe genervt die Augen.

Ich stemme meine Hände in die Hüften, weil ich in seiner Gegenwart immer das Gefühl habe, ihm zeigen zu müssen, dass er mir nichts mehr anhaben kann. Als würde ich noch immer einen Kampf mit ihm ausfechten, was wohl auch der Wahrheit entspricht.

Auch seine Körperhaltung und seine spitze Aussage zeigen, dass wir uns noch immer wie die Teenager von damals verhalten. Wir bekämpfen uns mit Worten und ziehen uns gegenseitig auf. Wobei dies definitiv von ihm ausgeht. Er hat sofort wieder damit begonnen, als wir uns nach all den Jahren am Tatort wiedergesehen haben!

„Ich habe schon in der Schule versucht, dir so gut wie möglich aus dem Weg zu gehen, damit ich deine Gesellschaft nur im äußersten Notfall ertragen musste und daran hat sich nichts geändert. Leider lassen es die Umstände nicht zu, dir fernzubleiben. Es sei denn, ich kann mit einem Kollegen von dir arbeiten, der über diesen Fall Bescheid weiß.“

Hoffnung keimt in mir auf, dass ich vielleicht doch seiner Gegenwart entkommen kann. Vielleicht ist er ja nicht der Einzige, der diesen Mordfall bearbeitet. Normalerweise arbeiten immer zwei Kollegen daran und ich würde mich nur zu gerne mit dem seinen austauschen.

„Da du dich mir quasi als Partnerin aufgedrängt hast, musst du nun mit mir vorliebnehmen."

„Aufgedrängt?", frage ich ungläubig.

„Natürlich, du wolltest doch unbedingt mit mir an dem Mordfall arbeiten."

Sein Grinsen lässt nicht nach und ich sehe ihm an, wie sehr er die Situation genießt.

„Ich habe dir lediglich meine Hilfe angeboten!"

„Nenn es wie du willst!"

In mir brodelt es und es juckt mich wirklich in den Fingern meine Waffe zu ergreifen und sie ihm ins Gesicht zu halten. Dieser verdammte arrogante Mistkerl schafft es immer wieder mich aus der Fassung zu bringen.

Ich versuche meine Wut zu kontrollieren und mich auf das Wesentliche zu konzentrieren, doch alles was mir gelingt, ist ein Knurren zu unterdrücken, um mich nicht vollkommen lächerlich zu machen.

„Also warum bist du hier, Huberin?", fragt er nach einer Weile, in der ich ihn versucht habe mit meinen Blicken zu töten, während er grinsend in seinem Stuhl gesessen ist.

Okay, reiß dich zusammen und konzentriere dich, verdammt noch mal!

Ich schnaufe gut hörbar aus, damit ihm bewusst wird, wie sehr er mich nervt. Dann schließe ich für eine Sekunde meine Lider, um mich zu sammeln. Hier geht es um einen Mord und nicht um unsere alte Fehde. Daher versuche ich meine Abneigung gegen diesen Mann zu unterdrücken und sachlich und ruhig mein Anliegen vorzubringen.

„Inwieweit hast du schon das Umfeld des Opfers geprüft?“

Ich bin überrascht wie ruhig und gefasst sich meine Stimme anhört, obwohl in mir noch immer die unterdrückte Wut brodelt, wie ein kurz vorm Ausbruch stehender Vulkan.

„Die Tote wohnte hier in Passau, stammt jedoch ursprünglich aus Berlin. Sie ist vor drei Jahren hierher zu ihrem Freund gezogen. Die Beziehung zerbrach vor etwa einem Jahr, seither lebte sie alleine in einer Zweizimmerwohnung. Ich habe ihre Eltern in Berlin über den Tod ihrer Tochter informiert, was diese jedoch ziemlich gelassen und nicht gerade bestürzt aufgenommen haben. Offensichtlich hatten sie kein sehr gutes Verhältnis, was wohl auch erklärt, warum das Opfer nicht zurück nach Berlin gezogen ist, nachdem ihre Beziehung in die Brüche ging.“

Der Streber Sebastian Greiner, wie er leibt und lebt. Man kann ihm ja vieles vorwerfen, aber nicht, dass er seine Arbeit nicht anständig erledigen würde.

„Also keine Hinweise für eine Eifersuchtstat?“

„Der Ex lebt in einer festen Beziehung und hat vor einem Monat Nachwuchs bekommen, also ich denke das können wir ausschließen. Außerdem war er in der Mordnacht bei seiner Frau und seinem Kind.“

„Hm!“ Ich ziehe mir den Stuhl gegenüber seines Schreibtisches hervor und setze mich. „Macht sie diesen Job schon länger?“

„Offensichtlich war dies der Grund für die Trennung. Er wollte, dass sie damit aufhört, aber scheinbar war ihr die Beziehung nicht so wichtig.“

„Oder sie wollte sich einfach nicht bevormunden lassen“, entgegne ich vorwurfsvoll.

Das ist ja mal wieder typisch. Wenn die Frau nicht tut, was der Mann sagt, dann ist sie schuld, wenn die Beziehung nicht funktioniert. Sebastians Mundwinkel verziehen sich erneut zu einem zufriedenen Grinsen und natürlich ist mir klar, dass dies meiner schnippischen Antwort geschuldet ist.

Bei Sebastian bin ich wie ein Pulverfass und er das Streichholz, welches mich mit einem Funken zum Explodieren bringt!

Ich atme tief ein und straffe meine Schultern.

„Wie auch immer“, sage ich versöhnlich, um mich wieder etwas zu beruhigen. „Letztendlich sind wir keinen Schritt weiter.“

„Wir müssen den Wagen finden, zu dem die Reifenspuren passen. Es sei denn, deine DNA-Probe ist ein Volltreffer.“

„Die Jagdgenossen meines Vaters haben alle diesen Suzuki Jimny. Auch habe ich bisher noch niemanden gefunden, der ein solches Auto fährt, aber ich werde weiterhin die Augen offenhalten.“

„Ich höre mich noch weiter im Freundeskreis der Toten um. Vielleicht gibt es ja einen verschmähten Verehrer."

Ich nicke nachdenklich, denn irgendwie laufen alle Fäden ins Leere.Es kommt mir vor, als würde der Täter direkt vor meinen Augen rumlaufen und ich erkenne ihn nur nicht. So, als könnte ich den Wald vor lauter Bäumen nicht sehen.

„Und wie sieht es mit den Gästen dieser Junggesellenparty aus? Hast du die alle schon überprüft?"

„Hey, ich bin keine blutige Anfängerin! Natürlich habe ich die überprüft. Keiner von ihnen hat die Kegelbahn verlassen und sie haben daher ein hieb- und stichfestes Alibi. Lediglich bei einem besteht vielleicht die Möglichkeit …"

„Und von dem hast du mir die Haarprobe gebracht?!"

Ich nicke und bin ihm tatsächlich dankbar, dass er mich nicht weiter löchert, um wen es sich handelt und einen Namen verlangt. Eigentlich hätte er jedes Recht dazu, denn immerhin ist er der Leiter der Ermittlungen und ich wäre verpflichtet ihn darüber zu informieren, wenn er es verlangen würde.

So ein Arsch ist er also doch nicht. Auch wenn ich mir das nur sehr ungern eingestehe. Sicherlich dauert es keine paar Minuten, bevor ich diesen Gedanken widerrufe.

13. Kapitel

25. Juni, vormittags halb zehn in Oberhunding

Heute Abend bin ich wieder mit Florian verabredet. Er hat mich zum Essen eingeladen und zwar zu sich nach Hause. Er kocht für uns italienisch und wir verstehen uns wirklich prächtig. Wäre da nicht Manuel, würde ich vermutlich tatsächlich versuchen unsere platonische Freundschaft etwas zu vertiefen.

Ich sitze auf der Hausbank vor dem Haus meiner Eltern und rufe Manuels Kontakt auf meinem Telefon auf. Hier draußen habe ich den besten Empfang und die wenigsten neugierigen Zuhörer. Daher ist dies der beste Platz, um mit meinem Freund zu telefonieren.

Er geht nicht dran, daher hinterlasse ich eine Nachricht auf seiner Mailbox.

„Hey Schatz, ruf mich doch bitte zurück. Ich vermisse dich!“

Während ich warte, kommt mein Bruder aus dem Stall. Er sieht zu mir, zögert kurz und kommt dann auf mich zu. Als er sich zu mir setzt, sehe ich ihm an, dass ihn etwas bedrückt.

„Spuck´s aus Bruderherz! Was brennt dir auf der Seele?“

„Hansi hat mir erzählt, dass du dich bei ihm entschuldigt hast.“

„Ja, habe ich!“

„Bedeutet das er ist nicht mehr verdächtig?“

In diesem Moment klingelt mein Telefon und ich war noch niemals so glücklich darüber. Ich möchte Michi nicht anlügen, doch andererseits kann ich ihm auch nicht die Wahrheit sagen, um die Ermittlungen nicht zu gefährden. Daher kommt Manuels Anruf zum perfekten Zeitpunkt.

„Können wir später darüber reden. Auf diesen Anruf habe ich schon gewartet.“

„Klar!“

Michi steht auf und geht zurück zum Stall. Eigentlich ist er ja mehr so der Typ, den nichts aus der Ruhe bringen kann und der immer einen frechen Spruch auf den Lippen hat. Doch diese Sache scheint ihn doch zu belasten, denn so ernst kenne ich ihn normalerweise gar nicht.

„Hallo Schatz“, begrüße ich Manuel und habe gleichzeitig ein schlechtes Gewissen, weil ich mich hinter seinem Rücken mit Florian treffe.

Auch wenn ich ihn nicht betrüge, fühlt es sich falsch an, ihm nichts davon zu erzählen.

„Was ist los Liebling?“

„Nichts, ich wollte nur deine Stimme hören.“

„Du vermisst mich wirklich oder?“

„Du mich etwa nicht?“

„Doch natürlich und wie!“

„Darum würde ich mich auch freuen, wenn du mich besuchen würdest. Ich möchte dir gerne meine Familie vorstellen.“

Keine Ahnung, warum ich ihn darum bitte, denn eigentlich hatte ich noch nie so stark das Bedürfnis ihn zu Hause vorzustellen. Vielleicht möchte ich dadurch nur mein Gewissen beruhigen und mir beweisen, dass mein Herz nur für Manuel schlägt.

„Okay, wenn du dir das wünscht. Ich muss aber zuvor noch einen wichtigen Fall abschließen. Ich melde mich bei dir, sobald ich etwas Luft habe, um dich zu besuchen.“

„Schön“, murmle ich und warte auf das angenehme Gefühl, das sich nun in mir ausbreiten sollte. Immerhin ist es doch der normale Verlauf einer Beziehung, dass man den nächsten Schritt geht.

Ich kenne Manuels Eltern ja schon lange, was vermutlich daran liegt, dass sie ganz in der Nähe von ihm wohnen und des Öfteren unangemeldet bei ihm auftauchen. Eben auch einmal, als ich halbnackt auf seinem Sofa gelegen bin.

„Ich liebe dich, mein Schatz!“

Seine Worte bringen mich in Bedrängnis. Keine Ahnung warum, denn ich sollte mich darüber freuen, dass er mir seine Liebe gesteht. Wieso fällt es mir dann so schwer, seine Worte zu erwidern.

„Ich dich auch, Schatz!“

Ich fühle mich wie eine Verräterin und hasse dieses Gefühl. Mir ist gar nicht aufgefallen, dass ich aufgestanden bin und ich unruhig vor dem Haus umherwandere. Doch als ich das Gespräch beende, fällt mir auf, dass ich innerlich verdammt aufgewühlt bin.

„Ich habe die Testergebnisse, auf die du gewartet hast.“

Sebastians Stimme lässt mich zusammenzucken und ich wirble erschrocken herum. Ich habe nicht damit gerechnet, dass er persönlich hier auftaucht.

„Und du machst dir die Mühe, diese persönlich vorbei zu bringen?“

„Ich war gerade in der Gegend“, entgegnet er schmunzelnd und wedelt mit einem Umschlag.

Etwas übermütig entreiße ich ihm diesen und hole das Stück Papier heraus, welches sich darin befindet. Es ist eine Mischung aus Aufregung und Hoffnung. Doch als ich das Ergebnis sehe überwiegt die Erleichterung.

„Er war es nicht“, murmle ich erleichtert, vor allem, weil ich so meinen Bruder nicht länger anlügen muss.

Nun kann ich ihm guten Gewissens sagen, dass sein Freund unschuldig ist. Was uns allerdings keinen Schritt weiterbringt. Jetzt stehen wir wieder ganz am Anfang und ich habe keine Ahnung, wie wir nun weiter vorgehen sollen.

„Sieht aus, als wärst du froh über das Ergebnis.“

Sebastian sieht mich misstrauisch an und ich merke ihm an, dass er mich durchschaut.

„Na ja, es handelt sich dabei um einen Freund meines Bruders. Also ja, ich bin froh, dass Michi keinen Mörder im Freundeskreis hat.“

Sebastians Mundwinkel zucken und ein Hauch von Verständnis huscht darüber.

„Dann müssen wir wohl weitersuchen. Ich konnte in ihrem Umkreis auch keine Hinweise finden. Allerdings bin ich auf etwas anders gestoßen, dass wichtig sein könnte. Die Reifenspuren wurden noch an zwei weiteren Tatorten gefunden. Bei beiden wurde eine junge Frau erwürgt und im Wald zurückgelassen.“

„Du denkst, wir haben es hier mit einem Serienmörder zu tun?“

„Die Hinweise sprechen dafür!“

„Dann müssen wir so schnell wie möglich diesen verdammten Wagen finden.“

„Das Problem ist nur, der könnte überall sein.“

„Das ist wie die Suche nach der Nadel im Heuhaufen.“

„Vielleicht können wir die Suche etwas einschränken. Ich habe hier eine Liste mit den Fahrzeugen, die mit solchen Reifen ausgeliefert werden. Vielleicht haben wir ja Glück und werden fündig.“

Sebastian drückt mir einen Zettel in die Hand, auf dem ein paar Fabrikate aufgelistet sind. Bei allen handelt es sich meines Wissens um große SUVs.

„Okay, das ist zumindest schon mal ein Anfang. Es kann doch nicht so schwer sein, so einen protzigen Wagen zu finden."

„Wo wurden die beiden anderen Frauen umgebracht."

„Beide in der Nähe von Nürnberg."

„Dann wohnt der Täter vermutlich dort", murmle ich nachdenklich. „Vielleicht hat er seine Opfer zufällig ausgewählt oder es gibt eine Verbindung zwischen den drei Frauen."

„Ich setze mich dran. Vielleicht finde ich ja etwas heraus", schlägt Sebastian vor.

Als er sich abwendet, hebt er zum Gruß seine Hand und wirft mir über seine Schulter einen Blick zu.

„Wir telefonieren!"

Die neuen Erkenntnisse muss ich erst einmal sacken lassen. Ist es möglich, dass wir hier tatsächlich einem Serienmörder auf er Spur sind?

Doch was hat er hier in Oberhunding verloren, wenn er doch eigentlich in Nürnberg sein Unwesen treibt. Irgendwas hat ihn die Richtung ändern lassen und ich werde das miese Gefühl nicht los, dass die Lösung sich direkt vor unserer Nase befindet und ich zu blöd bin, um sie zu erkennen.

Ich gehe in den Stall zu Michi, um ihm endlich Entwarnung zu geben. Denn auch wenn ich keine Ahnung habe, wer der Mörder ist, der Lechner Hansi ist entlastet.

14. Kapitel

26. Juni, abends halb sieben in Oberhunding

Ich fahre zu Florians Haus, in dem sich auch seine Praxis befindet. Dort parke ich meinen Wagen und umrunde das Gebäude, da sich der Eingang zu den Privaträumen auf der Rückseite befindet. Ich lasse meinen Blick die Einfahrt entlang schweifen und stocke, als ich neben dem Pflaster im Rasen Reifenspuren erkenne, deren Muster mir bekannt verkommt.

Bei genauerem Hinsehen bestärkt sich mein Verdacht und plötzlich wird mir siedend heiß. Gerade als ich mich zu den Spuren hinunterbeugen möchte, höre ich, wie Florian die Haustüre öffnet und ich richte mich hastig auf.

„Was ist, hast du dich nicht getraut zu klingeln?“, fragt er belustigt.

„Du kennst mich ja, ich bin schrecklich schüchtern“, witzle ich und hoffe, er hört die Aufregung in meiner Stimme nicht.

Er lacht laut auf und winkt mich zu sich.

„Komm schon, das Essen wird sonst kalt!“

Ich werfe einen letzten Blick auf die Spuren, die mir einfach keine Ruhe lassen und zugleich breitet sich ein ungutes Gefühl in meinem Magen aus. Es ist einfach unmöglich, dass diese Spuren tatsächlich jene sind, die wir suchen. Noch dazu, da mitten im Hof Florians Wagen steht. Ein ganz normaler silberner Mittelklassewagen mit einer Durchschnittsreifenbreite.

Um dies festzustellen brauche ich ganz sicher kein Maßband, denn es ist offensichtlich, dass sein Auto keine überdimensionalen Reifen hat. Doch wenn es nicht die Spuren von Florians Wagen sind, von wem sind sie dann?

Vielleicht von einem seiner Patienten, der im Hinterhof geparkt hat?

Oder habe ich mich einfach nur geirrt und die Abdrücke auf dem Erdboden kommen mir nur breiter vor. Vielleicht eine optische Täuschung. Ich versuche den Gedanken zu verwerfen, dass vielleicht sogar Florian der Täter sein könnte.

Das ist doch völliger Irrsinn. Außerdem hat er absolut kein Motiv. Warum sollte er eine Frau töten, vielleicht sogar mehrere, wenn sie ihm doch in Scharen nachlaufen? Er ist ganz einfach nicht der Typ für einen Mörder!

Ich setze mich an den Tisch, auf dem für zwei Personen schön gedeckt ist. Rotweingläser und sogar Kerzen befinden sich darauf, während die Küche einen herrlichen Geruch von Lasagne verströmt. Ich liebe dieses Gericht und mein Magen fängt wie auf Kommando an zu knurren.

Daher beschließe ich die Polizistin an diesem Abend zu ignorieren und Florians Gesellschaft einfach zu genießen. Ich sollte mich dafür schämen, überhaupt einen solchen Gedanken verschwendet zu haben. Immerhin ist er ein angesehener Arzt und hat sich dazu verschrieben, den Menschen zu helfen. Nicht sie abzumurksen!

„Was ist los?“, fragt er mich nach einer Weile, während er mir das Glas mit etwas Rotwein füllt.

„Nichts! Wieso?“, frage ich hastig und fühle mich ertappt.

„Du bist so still heute.“

Verdammt, ich verhalte mich offensichtlich überhaupt nicht normal, obwohl ich es mir fest vorgenommen habe. Warum bringt mich diese Sache so sehr aus der Fassung?

Florian ist ein alter Bekannter, mittlerweile sogar ein guter Freund. Ihn des Mordes zu verdächtigen, nur weil ich in seinem Hof Reifenspuren gesichtet habe, die womöglich jenen des Mörders ähneln, ist wirklich total unangebracht. Und trotzdem schaffe ich es nicht, diesen Gedanken zu vertreiben.

„Raus mit der Sprache! Was bedrückt dich?“

Okay, jetzt ist es an der Zeit sich eine gute Ausrede einfallen zu lassen. Immerhin darf er auf keinen Fall den Eindruck erhalten, dass ich ihn verdächtige. Nicht nur, wenn es gar keinen Grund dafür gibt, sondern vor allem auch, wenn er wider Erwarten doch etwas damit zu tun hat. Denn dann könnte es nicht nur gefährlich für mich werden, sondern ich würde ihm auch die Chance geben, Beweise verschwinden zu lassen, wenn ich ihn vorwarne.

„Kannst du dich noch an Sebastian Greiner erinnern?“, frage ich seufzend.

Nachdenklich runzelt Florian die Stirn, bis er offensichtlich eine Eingebung hat.

„Ja, klar! Das war doch der Schönling, dem die Mädels reihenweise zu Füßen gelegen sind. Er war doch im Gymnasium ein oder zwei Klassen über uns. War das nicht der, der dich ständig wegen deiner Zähne aufgezogen hat?“

Ich verziehe angewidert die Mundwinkel. Auch Florian kann sich noch daran erinnern. Sicherlich weiß er auch noch den Spitznamen, den der Mistkerl mir verpasst hatte. Allerdings war Florian schon immer ein Mensch, der andere weder gedemütigt noch ausgelacht hat. Er galt schon damals, als hilfsbereit und zuvorkommend und war eben kein solches Arschloch, wie Sebastian.

Bei diesem Gedanken drückt mein schlechtes Gewissen noch stärker auf meine Schultern. Einen so herzensguten Menschen wie ihn zu verdächtigen, ist das Allerletzte!

„Ja, genau der! Er ist jetzt Oberkommissar in Passau und ich muss für den Fall mit ihm zusammenarbeiten.“

„Er ist dein Partner?“, fragt er überrascht.

„Nur auf Zeit. Sobald diese Sache geklärt ist, gehe ich zurück nach München und muss ihn nie wiedersehen."

„Du kannst ihn noch immer nicht leiden?"

„Er hat sich kaum verändert."

Das sollte ihm als Antwort reichen und offensichtlich tut es das auch, denn er lacht leise vor sich hin, wofür ich ihn mit einem vorwurfsvollen Blick bedenke.

„Entschuldige, aber ihr beiden wart immer sehr unterhaltsam."

„Ja, alle fanden es wahnsinnig lustig, dass er sich über mich lustig gemacht hat", entgegne ich genervt.

„Nein, es war vielmehr deine übertriebenen Reaktionen auf jedes noch so harmlose Wort von dem Kerl. Ganz ehrlich, bei ihm bist du wegen jeder noch so kleinen Nichtigkeit in die Luft gegangen."

„Nichtigkeit?", frage ich entrüstet. „Der Scheißkerl hatte mich Vampi genannt."

„Aber nur, weil du ihn bei jeder Begegnung regelrecht angefaucht hast."

„Auf welcher Seite stehst du eigentlich?", frage ich vorwurfsvoll.

„Da, du machst es schon wieder!" Er deutet mit dem Zeigefinger auf mich und grinst.

„Was?", frage ich völlig unverständlich.

„Jeder der auch nur erwähnt hatte, dass Sebastian gar nichts Schlimmes gesagt hat, dem bist du gleich an die Gurgel gegangen. Dieser Kerl war ein rotes

Tuch für dich und offensichtlich hat sich daran nichts geändert."

In diesem Moment stellt Florian einen Teller mit einem Stück köstlich duftender Lasagne vor mir auf dem Tisch ab und nur alleine diesem Umstand ist es geschuldet, dass ich keine Lust habe, mich weiter mit ihm über dieses Thema zu streiten.

„Er ist schrecklich arrogant und seine dummen Sprüche sind unerträglich. Könnten wir nun bitte das Thema wechseln, denn ich habe keinen Bock, dass der Kerl mir auch noch den Appetit verdirbt?"

Ich sehe wie Florian sich ein Grinsen verkneift, wobei er jedoch kläglich scheitert.

„Natürlich", antwortet er mit dem Versuch dabei ein ernstes Gesicht zu machen.

Ich rolle mit den Augen und schüttle den Kopf, bevor ich mir ein großes Stück Lasagne in den Mund schiebe und die Köstlichkeit mit einem Schluck Rotwein nachspüle. Mein Gott, kochen kann der Kerl auch noch! Die Welt ist wirklich ungerecht!

Vielleicht sollte ich es doch in Betracht ziehen, mich auf mehr als nur eine Freundschaft mit diesem Mann einzulassen. Immerhin hat der Kerl alles, was man sich nur wünschen kann. Er ist geradezu perfekt!

Zumindest wenn man davon absieht, dass er vielleicht ein Serienmörder ist!

15. Kapitel

27. Juni, vormittags halb zehn in der Dienststelle Passau

„Was ist denn so wichtig, dass du mich am frühen Morgen hierher bestellst?“

„Guten Morgen, Huberin. Du hast ja wieder eine wundervolle Laune heute“, begrüßt Sebastian mich.

Kann es sein, dass er mir das vorwirft? Was denkt er denn? Dass ich Luftsprünge mache, wenn ich von ihm eine Nachricht erhalte, dass ich bei ihm antanzen soll?

„Wenn ich zu dir nach Hause komme, passt es dir nicht und wenn ich dich bitte herzukommen, ist es dir auch nicht Recht. Du hast dich wirklich überhaupt nicht geändert.“

„Na das Kompliment kann ich nur zurückgeben“, entgegne ich zickig.

Schon wieder hat dieser Kerl bei meinem Pulverfass die Lunte entfacht und ich habe alle Mühe sie auszutreten.

„Jetzt sag schon, warum bin ich hier?“

„Die Reifenspuren stammen tatsächlich exakt von denselben Reifen. Nun besteht kein Zweifel mehr daran, wir suchen einen Dreifachmörder, vorausgesetzt er hat nicht noch mehr Leben auf dem Gewissen."

Ein eisiger Schauer jagt über meinen Rücken, als mir klar wird, dass ich Sebastian von meiner Entdeckung in Kenntnis setzen muss. Doch andererseits schnürt es mir regelrecht die Kehle zu, wenn ich daran denke, dass er dann ein Großaufgebot zu Florian schickt und dort alles auf den Kopf stellt. Das würde meine Beziehung zu Florian für immer zerstören!

Ich bin hin und her gerissen und habe das Gefühl, als würde mir dieser Fall wie eine zentnerschwere Last auf die Schultern drücken. Es gefällt mir nicht, wie Sebastian mich eingehend mustert und ich muss schleunigst dafür sorgen, dass er mir meine Gefühle nicht anmerkt. Ich habe vor, der Sache selbst auf den Grund zu gehen. Bevor ich Sebastian etwas von meiner Entdeckung erzähle, brauche ich Gewissheit.

„Das hättest du mir auch am Telefon sagen können", brumme ich angespannt.

„Dann hätte ich aber nicht in deinem Gesicht sehen können, dass du mehr weißt, als du zugibst. Franzi, wenn wir schon Partner sind, erwarte ich auch, dass du mich einweihst. Ich habe schon auf den Namen zur DNA-Probe verzichtet, doch jetzt geht es um einen Serienmörder und falls der Kerl aus Freude tötet, dann solltest du dich nicht mehr alleine auf die Suche nach ihn begeben."

Sebastian klingt beinahe so, als würde er sich um mich Sorgen machen. Dabei ist dies nicht nötig, denn ich kann sehr gut alleine auf mich achtgeben. Außerdem führt mein Verdacht vermutlich sowieso ins Leere. Daher muss ich wohl oder übel zu einer kleinen Notlüge greifen.

„Ich habe keine Ahnung was du meinst. Natürlich werde ich dich sofort informieren, wenn ich Neuigkeiten habe aber solche gibt es leider nicht. Ich tappe völlig im Dunkeln, so wie du offensichtlich auch. Du hättest mich also gar nicht erst hierherbestellen müssen“, fauche ich ihn regelrecht an.

Doch diesmal ist mein abweisendes Verhalten nicht nur meiner grundsätzlichen Abneigung Sebastian gegenüber geschuldet, sondern ich versuche damit auch mein schlechtes Gewissen zu überspielen.

Seine Augen verengen sich und sein durchdringender Blick macht mich regelrecht nervös. Ich muss hier raus, denn diese Situation macht mich wahnsinnig. Es ist an der Zeit mir Klarheit zu verschaffen. Ohne ein weiteres Wort wende ich mich von ihm ab und gehe zur Tür.

„Ich habe es ernst gemeint! Du wirst nicht mehr ohne mich ermitteln, hast du verstanden?“, ruft er mir grimmig hinterher.

Erneut hebe ich meine Hand, ohne mich dabei zu ihm umzusehen. Doch diesmal winke ich ihm nicht zu, sondern zeige ihm absolut nicht ladylike meinen

Mittelfinger. Heute lacht er jedoch nicht, sondern ich höre ihn nur verzweifelt ausschnaufen.

Mit schnellen Schritten laufe ich zu meinem Wagen und springe hinein. Dort angekommen, lege ich meine Stirn an das Lenkrad und schließe meine Lider. Vielleicht hätte ich Sebastian doch einweihen sollen. Wie auch immer, ich schaffe das auch alleine.

Während ich nach Hause fahre, zermartere ich mir mein Gehirn, wie ich Florians Unschuld beweisen könnte. Als erstes muss ich in seine Garage, denn wenn sich dort schon mal kein Auto mit solch breiten Reifen befindet, können sich meine angespannten Nerven etwas beruhigen. Und falls doch … daran möchte ich lieber gar nicht denken!

Ich fahre direkt zu Florian in die Praxis, wo sich die Patienten bereits im Wartezimmer tummeln. Nach kurzer Rücksprache mit seiner Sprechstundenhilfe erfahre ich, dass er sich bei einem Hausbesuch befindet. Offensichtlich ein Notfall.

Diese Gunst der Stunde nutze ich, indem ich die Praxis wieder verlasse, das Haus umrunde und mich zu seiner Garage schleiche. Als erstes werfe ich einen Blick durch die Fenster, welche leider mit dicken Vorhängen die Sicht behindern. Frustriert stoße ich den Atem aus, während ich nach einem Weg suche ins Innere zu gelangen.

Das Tor sitzt bombenfest und ließe sich nur mit einem Schlüssel öffnen. Ich kann mich jedoch daran erinnern, dass von dem Haus auch eine Tür in die Garage führt. Kurzentschlossen schleiche ich mich zur Haustür, werfe einen Blick über meine Schulter, um zu überprüfen, dass ich nicht beobachtet werde und drücke gegen die Tür.

Leider vergebens, denn sie ist verschlossen und nun habe ich nur noch zwei Möglichkeiten. Entweder ich ziehe unverrichteter Dinge ab und lasse mir eine Strategie einfallen, wie ich in die Garage komme oder ich breche hier und jetzt bei Florian ins Haus ein.

Letzteres bereitet mir Magenschmerzen, immerhin ist es nicht nur illegal, sondern auch völlig unangebracht einem Freund gegenüber. Ich hole meine Brieftasche hervor und angle mir eine der Plastikkarten, von denen ich mehr als genug habe.

Vielleicht hat Florian ja nicht abgeschlossen, sondern die Tür nur zugezogen. Daher versuche ich den alten Trick mit der Karte und schiebe sie zwischen die Tür und den Rahmen. Nach einiger Fummelei gelingt es mir tatsächlich das Schloss zu knacken, doch mir bleibt keine Zeit mich dafür zu loben, denn in diesem Moment höre ich, wie sich ein Wagen nähert.

Schnell schlüpfe ich in das Haus und ziehe die Tür hinter mir ins Schloss. Anschließend versuche ich in die Garage zu gelangen, doch auch diese Tür ist verschlossen. Leider reicht hier keine Plastikkarte, um das Schloss zu öffnen. Um es zu knacken, habe ich weder die Zeit, noch das richtige Werkzeug.

Außerdem hat Florian sicher meinen Wagen auf dem Parkplatz stehen sehen und begibt sich sicherlich gleich auf die Suche nach mir. Ich weiß noch von früher, dass Dr. Weinzierl auch einen Zugang von der Wohnung in die Praxis hatte und ich wette auch Florian benutzt diesen noch.

Daher schleiche ich mich durch die Wohnung, bis ich an dem Flur ankomme, von dem mehrere Türen abgehen. Eine davon ähnelt einer Wohnungstür, was bedeutet ich habe mein Ziel erreicht.

Vorsichtig öffne ich sie und atme erleichtert aus, als ich feststelle, dass diese nicht verschlossen ist. Ich luge durch einen Spalt und halte Ausschau nach der Sprechstundenhilfe. Diese Tür müsste in den hinteren Flur der Praxis führen, ganz in der Nähe des Sprechzimmers. Zumindest war dies früher so, als ich noch bei Dr. Weinzierl Patientin war.

Genaugenommen habe ich bis zu meinem zwanzigsten Lebensjahr keinen anderen Arzt aufgesucht, als ihn. Hier geht man nicht zu Fachärzten, auch Kinderärzte sind völlig überflüssig. In einem Dorf wie Oberhunding sucht man immer den Hausarzt auf. Egal ob Hautprobleme, orthopädische Leiden oder sonstige Beschwerden.

Sämtliche Krankheiten, die ich jemals hatte, sind hier behandelt worden, vorausgesetzt meine Mama hat mich überhaupt zum Arzt gebracht. Meist wurde ich von der Oma behandelt, mit Kamillentee und

Wadenwickel. Aber ganz ehrlich, das war mir allemal lieber, als hier aufzuschlagen.

Ich verbinde mit dieser Praxis nicht gerade schöne Kindheitserinnerungen, denn immer, wenn ich hier war, erhielt ich entweder eine Impfung, also Spritze, die ich noch heute hasse, oder ich hatte Krankheiten, die einer Medikation bedurften.

An die Windpocken kann ich mich noch sehr gut erinnern. Damals war einiges los in der Praxis, denn da diese hochansteckend sind, wurde ich vor der Tür behandelt. Gewissermaßen im Freien. Meine Mama hatte vorher angerufen und ihren Verdacht geäußert, als wir ankamen, hat Dr. Weinzierl bereits auf uns vor der Tür gewartet.

Für ihn als erfahrenen Arzt reichte ein Blick auf meine wassergefüllten, stark juckenden Pickel und die Diagnose war gestellt. Anschließend erhielten wir ein Rezept für eine komische Milch, die wir in der Apotheke abholen sollten.

Außerdem gab er uns die Anweisung mit auf den Weg, ich sollte mich von anderen Menschen vorerst fernhalten, denn ich sei hochansteckend und vor allem für Schwangere eine große Gefahrenquelle.

Ich durfte nicht zur Schule und der Juckreiz war unerträglich, ganz zu Schweigen von den blöden Kommentaren meines Bruders, hinsichtlich meines Ausschlags. Er nannte mich Pockengesicht und amüsierte sich köstlich über mein Leiden.

Zumindest bis ich es schließlich geschafft hatte, auch ihn anzustecken. Während ich auf dem Weg der Genesung war, litt mein Bruder an der Krankheit. Ihn traf es noch weitaus schlimmer und angesichts seiner Reaktion zuvor auf mein Leiden, hielt sich mein Mitleid in Grenzen.

Als ich Florians Stimme am Empfang höre, schleiche ich durch die Tür und schließe diese sehr leise. Hier hinten befinden sich auch die Toiletten, die mir nun als Ausrede dienen müssen.

Ich höre, wie er nach mir fragt und seine Angestellte ihm antwortet, ich hätte die Praxis wieder verlassen. Dies ist mein Stichwort, denn nun trete ich aus dem Schatten des Flurs und präsentiere mich.

„Hallo Florian“, sage ich versucht unauffällig.

„Aber Sie waren doch gerade noch …“

Seine Sprechstundenhilfe stammelt und deutet zur Ausgangstür, während sie zwischen mir und dieser ungläubig hin und her sieht.

„Ich musste kurz für kleine Mädchen“, erkläre ich und schenke Florian ein umwerfendes Lächeln.

Er erwidert es und ein Glitzern tritt in seine Augen.

„Was führt dich zu mir? Bist du krank?“

Die Besorgnis in seiner Stimme schürt mein schlechtes Gewissen, denn wenn er wüsste, das sich hier bin, um ihn auszuspionieren und soeben in sein Haus eingebrochen bin, wäre er sicherlich nicht mehr so besorgt um mich. Nun jedoch benötige ich dringend eine Krankheit die alltäglich ist, jedoch nicht so leicht nachgewiesen werden kann.

„Ich habe schreckliche Kopfschmerzen und wollte dich fragen, ob du ein bisschen was Stärkeres für mich hast, als die rezeptfreien Schmerztabletten.“

Dabei gehöre ich gar nicht zu der Sorte Mensch, die unter Kopfschmerzen leiden. Ich benutze diese noch nicht einmal als Ausrede, wenn ich keine Lust auf Sex habe, so wie viele andere meiner Geschlechtsgenossinnen.

Dennoch gibt es kein unauffälligeres Krankheitssymptom als Kopfschmerzen und diese müssen jetzt für meine Tarnung herhalten.

„Natürlich, komm gleich mit in mein Sprechzimmer, dann sehe ich mir das an.“

„Aber, sie ist noch gar nicht dran …“

Florian ignoriert den Einwand der jungen Frau völlig und wendet sich einfach ab. Schulterzuckend erwidere ich ihren vorwurfsvollen Blick, bevor ich ihm folge. Vielleicht liegt es ja daran, dass ich als Beamte privatversichert bin, doch vielmehr denke ich, dass ich aus einem anderen Grund bevorzugt von ihm behandelt werde und nicht warten muss.

Ich sollte mich dafür schlecht fühlen, denn immerhin sitzen da eine Menge Menschen im Wartezimmer, die sicherlich wirklich krank sind. Na ja, zumindest ein Teil von ihnen. Beim Großteil jedoch handelt es sich um gelangweilte Rentner, die ihre Freizeit gerne im Wartezimmer des Hausarztes verbringen.

Darin geht es nämlich zu, wie bei einem Kaffeekränzchen, nur dass sämtliche Neuigkeiten des Dorfes ausgetauscht werden. Die Bildzeitung könnte sich wirklich eine Scheibe von der Kommunikation der Dorfbewohner abschneiden.

Als ich das Wartezimmer zuvor auf der Suche nach Florian betreten hatte, verstummten die Gespräche abrupt, als sie mich sahen. Die Stille hielt jedoch nur den Bruchteil einer Sekunde an, bevor ich von der ersten älteren Dame nach dem Stand der Ermittlungen gefragt wurde.

Meine Antwort, dass ich dazu keine Auskunft geben dürfte, überhörte sie konsequent und löcherte mich mit weiteren Fragen. Ich stellte auf Durchzug und ignorierte sie, während ich mich schnellstens wieder aus dem Raum entfernte.

„Setz dich!“, fordert Florian mich auf, als er hinter mir die Tür des Behandlungszimmers schließt.

Hier befindet sich ein alter, massiver Schreibtisch, den ich bereits aus Dr. Weinzierls Zeiten kenne. Außerdem steht an der Wand eine Behandlungsliege. Der Raum ist nicht gerade modern eingerichtet. Eigentlich sieht er noch genauso aus, wie in meiner Kindheit. Hier hat sich nichts geändert. Florian hat die Praxis offensichtlich mit sämtlichem Inventar übernommen. Lediglich der Arzt ist ein anderer. Jünger und vor allem gutaussehender!

Er nimmt hinter seinem Schreibtisch platz und greift zum Telefon.

„Anna, könntest du mir bitte kurz Franziska Hubers Patientenakte bringen?"

Offensichtlich hat die junge Frau seiner Bitte zugestimmt, denn er beendet das Gespräch mit einem knappen „Danke" und legt dann auf. Keine halbe Minute später erscheint Anna und überreicht Florian eine weiße Akte, ohne mich eines Blickes zu würdigen.

Offensichtlich hat er die alte Josepha nicht von Dr. Weinzierl mitübernommen, wobei ich ziemlich sicher bin, dass diese sich längst in ihrer wohlverdienten Rente befindet. Immerhin war die alte Sprechstundenhilfe schon in meiner Kindheit gesetzteren Alters. Sie passte einfach zu Dr. Weinzierl. Ich bin ziemlich sicher, dass die beiden in etwa den gleichen Jahrgang hatten.

Florian hingegen hat sich eine blutjunge Angestellte angeschafft, denn die liebe Anna ist sicherlich nicht viel älter als zwanzig. Zudem stark geschminkt und definitiv unter ihrem weißen Kittel zu sexy angezogen, für diesen Beruf. Vermutlich hat sie es auf Florian abgesehen und sich fest vorgenommen sich einen Arzt zu angeln. Die körperlichen Vorzüge dafür sind jedenfalls vorhanden.

Florian studiert meine Patientenakte, die sicherlich schon so alt ist, wie ich selbst. Zumindest sieht sie so aus. Da sich die Arztbesuche in meinem Leben glücklicherweise in Grenzen hielten, ist die Akte nicht besonders stark gefüllt..

Ich muss schmunzeln als ich den Eintrag über meine Windpocken selbst auf die Entfernung lesen kann. Damals war ich acht Jahre alt!

„Hast du öfter Kopfschmerzen? Hier steht nichts davon, allerdings warst du auch schon lange nicht mehr hier in Behandlung."

„Seit ich in München wohne, habe ich den Hausarzt gewechselt. Und nein, normalerweise habe ich keine Kopfschmerzen", antworte ich ehrlicherweise.

Die kleine Notlüge, dass ich jedoch jetzt solche verspüre, muss sein. Immerhin dient sie der Aufklärung eines Mordfalls, oder besser gesagt von dreien.

Florian steht auf und kommt auf mich zu. Er stellt sich vor mich und weist mich an den Mund zu öffnen. Mit dem Holzspatel drückt er auf meine Zunge und ich gebe das altbekannte „Aaaah" von mir. Anschließend blendet er mich mit einer Lampe und tastet meinen Hals ab.

Er wirkt sehr professionell und ich glaube er ist wirklich ein guter Arzt.

Arzt, kein Mörder!, schelte ich mich gedanklich.

Ein paar Minuten später verlasse ich mit einem Rezept für Schmerzmittel und der Anweisung, dass ich wiederkommen soll, falls es die nächsten zwei Tage nicht besser wird, die Praxis und atme auf.

Das war verflucht knapp, denn beinahe hätte Florian mich beim Schnüffeln erwischt!

16. Kapitel

27. Juni, abends halb elf in Oberhunding

Ich sitze im Gebüsch vor Florians Haus und warte, bis die Lichter ausgehen und er sich schlafen legt, damit ich erneut bei ihm einbrechen kann. Jetzt bin ich mit passendem Werkzeug gerüstet und festentschlossen, mich davon zu überzeugen, dass kein Tatfahrzeug in dieser verdammten Garage steht.

Meinen Wagen habe ich etwa einen Kilometer entfernt auf einem Feldweg stehenlassen, damit mich niemand hier vermutet. Vielleicht hätte ich mir einen Picknickkorb mitbringen sollen, denn wie es scheint, dauert meine Observierung etwas länger.

Noch brennt im ganzen Haus Licht und ich bin nicht sicher, ob sich daran so schnell etwas ändern wird. Meine Beine sind schon eingeschlafen, als Florian endlich das Licht löscht und ich somit zumindest endlich eine Aussicht auf ein baldiges Ende meiner Observierung habe.

Ich warte geduldig noch eine halbe Stunde, um auch ganz sicher zu sein, dass Florian schläft.

Auf keinen Fall möchte ich riskieren, dass er mitbekommt, wie ich in seine Garage einbreche.

Es ist eine Weile her, dass mir von einem Kollegen gezeigt wurde, wie man schnell und ohne viel Lärm ein Fenster aufhebelt. Daher habe ich es heute auch zu Hause noch einmal geübt, um gut vorbereitet zu sein. Man benötigt dabei nicht mehr als einen großen Schraubenzieher.

Vorsichtig schleiche ich mich schließlich zu dem Garagenfenster, setze mein Werkzeug an und heble den Rahmen vorsichtig auf, um möglichst wenig Spuren zu hinterlassen. Ich komme mir vor wie ein Schwerverbrecher, dabei möchte ich doch einfach nur Florians Unschuld beweisen.

Eigentlich könnte ich mir das sparen, denn ich habe bereits die Kfz-Zulassungen gecheckt und auf Florians Namen ist nur ein Auto und ein Motorrad angemeldet. Ich bin mir ziemlich sicher, dass ich gestern Gespenster gesehen habe, doch da es geregnet hat, während ich den Abend mit Florian verbracht habe, hat es die Spuren bereits weggespült.

Somit bleibt mir eben nur dieser Weg, um mir Klarheit zu verschaffen!

Tatsächlich dauert es nur wenige Sekunden, bis der Fensterflügel aufschwingt und ich mit meiner Taschenlampenapp des Smartphones ins Innere leuchten kann. Mein Herz setzt einen Schlag aus, denn entgegen meiner Erwartung befindet sich in der Garage tatsächlich ein Wagen.

Es ist ein schwarzer SUV und mir läuft es eisig den Rücken hinab, als mir klar wird, dass dieser Wagen sehr wohl einer der Marken auf der Liste angehören könnte. Für einen Augenblick schließe ich meine Lider und beiße auf meine Lippe, um nicht frustriert aufzuschreien.

Ich befinde mich inmitten eines Albtraums und warte verzweifelt darauf aufzuwachen. Könnte Florian womöglich tatsächlich der Täter sein?

Ist er wirklich fähig Menschen zu töten?

Hat er bereits drei Frauen auf dem Gewissen?

Ich kann es nicht glauben und muss mir den Wagen genauer ansehen. Vielleicht täusche ich mich ja. Immerhin ist es verflucht dunkel und ich bin wahrlich keine Expertin was Automarken anbetrifft.

Daher klettere ich auf das Fensterbrett und anschließend ins Innere der Garage. Dabei wird mir klar, dass ich dringend wieder etwas mehr Sport treiben sollte, denn ich bin nicht nur viel zu ungelenk, sondern keuche auch wie ein Walross, als ich es endlich geschafft habe meinen Astralkörper in die Garage zu hieven.

Ab morgen gehe ich Joggen, na ja vielleicht lieber erst einmal Walken. Ohne diese affigen Stöcke, was dann vermutlich auf ein schlichtes Spazierengehen hinausläuft. Wie auch immer, ich muss entweder mehr Kalorien der deftigen Küche meiner Mama einsparen oder mich mehr bewegen.

Ich schleiche mich um den Wagen herum, bis ich an der Rückseite ankomme. Dort mache ich ein Foto vom Nummernschild, denn immerhin kann dieser Wagen nicht auf Florians Namen zugelassen sein. Anschließend sehe ich mir die Reifen näher an.

Vermutlich wäre es klug gewesen mir die Spuren von Sebastian als Foto aufs Handy schicken zu lassen, dann könnte ich das Muster jetzt abgleichen. So jedoch kann ich nur Vermutungen anstellen.

Allerdings erkenne ich, dass der Reifen viel breiter ist, als die eines normalen Wagens. So sehr es mir auch missfällt, ich muss mir eingestehen, dass dieses Auto sehr wohl unser gesuchtes Tatfahrzeug sein könnte.

Nun bleibt mir gar keine andere Wahl!

Ich muss Sebastian informieren. Auch wenn es mir beinahe körperliche Schmerzen bereitet, Florian als Verdächtigen auszuweisen, habe ich gar keine andere Möglichkeit. Wir brauchen seine DNA-Probe und die Spurensicherung muss die Reifenabdrücke vergleichen.

Wenn Florian wirklich der Täter ist, muss er so schnell wie möglich ins Gefängnis. Denn ein Serienmörder hört nicht einfach so auf. Er macht immer weiter, bis man ihm das Handwerk legt.

Alleine der Gedanke, dass ein Mann, den ich als Freund ansehe, zu dem ich mich sogar hingezogen fühle, ein Serienmörder sein könnte, lässt Übelkeit in mir aufsteigen. Schweren Herzens fotografiere ich das Profil des Hinterreifens und schicke das Foto an Sebastian mit der Frage: „Sind das die Reifen, die wir suchen?“

Anschließend stecke ich mein Handy ein und überlege, wie ich ohne Spuren zu hinterlassen aus der

Garage komme. Immerhin darf Florian noch keinen Verdacht schöpfen, dass wir ihm auf der Spur sind. Erst wenn ich das okay von Sebastian habe, dass die Reifenabdrücke übereinstimmen, können wir ihn festnehmen.

Da Sebastian jedoch heute vermutlich bereits schläft, wird er meine Nachricht erst morgen lesen. Um ihn anzurufen und ihn somit aus dem Schlaf zu reißen, gibt es meines Erachtens keinen Grund, denn solange Florian keine Ahnung hat, dass wir gegen ihn ermitteln, besteht auch keine Fluchtgefahr.

Ich schließe das Garagenfenster, welches ich aufgehebelt habe und gehe zum Garagentor. Dort befindet sich ein kleines Kästchen, mit dem man es von innen elektrisch öffnen kann. Als ich auf den Pfeil, der nach oben deutet, drücke, bete ich, dass der Motor keine lauten Geräusche von sich gibt.

Tatsächlich ist es überraschend leise, als es langsam hochfährt. Als ich gut darunter hindurchschlüpfen kann, stoppe ich den Motor und drücke auf den entgegengesetzten Pfeil. Schnell ducke ich mich darunter hindurch, als das Tor wieder nach unten fährt und sich langsam schließt.

In diesem Moment ertönt der Klingelton meines Handys und kündigt eine Nachricht an. Schnell angle ich es aus meiner Hosentasche und stelle es auf lautlos. Bei einer Observierung und einem Einbruch die Klingeltöne des Telefons nicht auszustellen ist ein grober Fehler, um nicht zu sagen richtig dämlich!

Ich sehe nach oben zu den Fenstern, doch das Haus bleibt dunkel. Noch einmal Glück gehabt. Offensichtlich hat Florian einen festen Schlaf.

Anschließend öffne ich die Nachricht, die von Sebastian stammt, der wohl doch noch nicht schläft. Vermutlich vertreibt er sich die Zeit mit einer Frau und verflucht mich gerade, dass ich ihn dabei gestört habe.

Ob er eine Freundin hat?

Sicherlich, denn warum sollte ein attraktiver Mann wie er alleine sein? Allerdings ist er nicht verheiratet, soweit ich weiß. Zumindest habe ich noch nichts dergleichen mitbekommen. Meine Gedanken schweifen ab und ich schüttle meinen Kopf, um mich wieder auf das Wesentliche zu konzentrieren.

Woher hast du dieses Foto????

Die vielen Fragezeichen hinter seiner Nachricht sollen wohl die Dringlichkeit seiner Frage ausdrücken.

Habe ich gerade gemacht.

Wo bist du??????????????????

Okay, die Anzahl der Fragezeichen nehmen zu!

Lass einfach die Spuren analysieren. Falls es ein Treffer ist, sage ich dir wem das Auto gehört.

Ein Glück, habe ich zuvor meine Klingeltöne auf stumm geschaltet, denn ansonsten würde ich Florian nun definitiv damit aufwecken. Sebastian ruft nämlich gerade an. Da ich keinen Bock habe mit ihm zu telefonieren und es auch im Moment sehr unpassend ist, wenn ich meinen Verdächtigen nicht wecken möchte, lehne ich seinen Anruf ab und schiebe mein Handy in die Hosentasche.

Der Vibrationsalarm verrät mir, dass Sebastian nicht aufgibt, denn erneut geht eine Nachricht ein. Ich rolle genervt mit den Augen, als ich plötzlich einen kurzen, heftigen Stich in meinen Hals spüre. Augenblicklich bricht Panik in mir aus und ich versuche verzweifelt meine Beine dazu zu bringen wegzulaufen, doch ich fühle mich wie gelähmt. Leider setzt die Wirkung der Betäubung verdammt schnell ein und ein unangenehmer Nebel breitet sich in meinem Kopf rasend schnell aus, bis dieser schließlich von absoluter Schwärze verdrängt wird.

17. Kapitel

Keine Ahnung wo und wann!

Der Geschmack in meinem Mund ist scheußlich und ich habe keine Ahnung warum mein Kopf so dermaßen dröhnt, als ich aus dem Schlaf erwache. Nein Moment, da war doch was!

Ich habe gar nicht geschlafen, ich war bewusstlos. Als meine Erinnerung zurückkehrt, schlage ich die Augen auf und richte mich auf. Zumindest versuche ich es, denn meine Hände und Füße sind gefesselt. Außerdem sind meine Handgelenke an einem der Bettpfosten festgebunden.

Ich kenne das Bett nicht, in dem ich liege und auch der Raum ist mir völlig unbekannt. Mein Puls steigt und ich kann nicht leugnen, dass sich Angst in mir ausbreitet. Meine Waffe liegt auf dem Nachttischkästchen neben mir, nur dass ich keine Chance habe da ranzukommen.

Während ich versuche mich irgendwie von den Fesseln zu befreien, leider vergeblich, öffnet sich die Tür des Zimmers. Mein Herz setzt einen Schlag aus, als ich Florian im Türrahmen stehen sehe. Der Ausdruck auf seiner Miene ist unnahbar und so eisig, dass es mich fröstelt.

Ich erkenne diesen Mann kaum wieder und dabei dachte ich wir wären Freunde; hoffte sogar es könnte mehr aus uns werden. Die Erkenntnis, Gefühle für einen Serienmörder entwickelt zu haben, lähmt mich geradezu.

Das Schlimmste jedoch ist, dass ich nun in seiner Gewalt bin und er nicht den Anschein macht, als wolle er mich wieder freilassen. In diesem Moment wird mir klar, dass ich möglicherweise sein nächstes Opfer sein könnte.

Je länger ich ihn ansehe, desto sicherer werde ich, dass dies definitiv seine Absicht ist. Seine Augen verengen sich zu Schlitzen und sein Blick durchbohrt mich regelrecht. Offensichtlich hat er doch keinen so festen Schlaf, wie ich gedacht hatte. Er muss mich gehört haben und hatte keine Skrupel mich zu betäuben.

Okay, es ist vermutlich normal, dass ein Mensch der andere umbringt keine Skrupel hat zu einer Betäubung zu greifen. Er kommt auf mich zu und fixiert mich regelrecht. Meine Nackenhärchen stellen sich auf und ein warnendes Kribbeln breitet sich auf meiner Haut aus.

„Ach Franzi, warum musstest du mir unbedingt nachschnüffeln? Wir haben uns doch so gut verstanden und jetzt muss ich dich töten."

Er seufzt theatralisch, während er mit seiner Hand über meinen Kopf streichelt. Diese Geste könnte man beinahe als liebevoll bezeichnen, wenn er mir währenddessen nicht gesagt hätte, dass er mich umbringen wird!

„Warum hast du diese Frauen getötet?“

Ich habe keine Ahnung, weshalb diese Frage mich überhaupt noch beschäftigt. Immerhin sollte ich im Moment vielmehr um mein eigenes Leben fürchten. Stattdessen möchte die Tatsache, dass Florian ein Mörder ist, noch immer nicht in meinen Kopf.

„Das erste Mal war es ein Unfall. Sie stand auf Sexspielchen, unter anderem gefiel es ihr, wenn ich sie beim Akt würgte.“

Sein Blick wird leer und ich habe das Gefühl, als würde er in Erinnerungen schwelgen. Dabei breitet sich ein zufriedenes Lächeln auf seinen Lippen aus, welches in totalem Kontrast zu seiner schrecklichen Tat steht.

„Als sie mich mit weit aufgerissenen Augen anstarrte, konnte ich regelrecht sehen, wie das Leben aus ihr wich. Es war faszinierend und zugleich so erfüllend, dass ich mich wie in einem Rausch befand. Nach ein paar Wochen wollte ich dieses Gefühl erneut erleben, diese Emotionen noch einmal spüren. Doch anschließend drückte mich das schlechte Gewissen und ich gab dem Stadtleben die Schuld. Alles dort war so unpersönlich und anonym.“

„Darum bist zu zurückgekommen, weil du dachtest, hier würdest du nicht mehr töten?“, frage ich entsetzt.

Er zuckt mit seiner Schulter, während er sich eine Strähne meines Haares um seinen Finger wickelt und aus dem Fenster starrt. Da es noch dunkel ist, gehe ich davon aus, dass Florian mich nur kurzzeitig betäubt hatte und es mitten in der Nacht ist.

„Es ging so lange gut, bis ich ihr nachts auf der Straße begegnete. Ich machte nur einen kleinen nächtlichen Spaziergang, weil ich nicht schlafen konnte. Vermutlich konnte ich ihre Anwesenheit regelrecht spüren. Sie hatte kaum etwas an und fror, als sie mich fragte, ob ich ihr ein Taxi rufen könnte, da sie keinen Empfang hatte und nicht zurück in das Gasthaus gehen wollte. Vermutlich hatte die Wirtin ihr zuvor schon deutlich zu verstehen gegeben, dass sie nicht gerne gesehen war. Du weißt ja wie eifersüchtig sie ist, wenn es um ihren Sepp geht!“

Es kommt mir vor, als hätte Florian das Bedürfnis, sich seine Tat von der Seele zu reden. Vielleicht hat er ja noch ein Einsehen und ihm wird klar, dass es besser für ihn wäre, wenn er mich gehen ließe. Nicht nur für ihn, sondern vor allem auch für mich!

„Den Rest kennst du ja!“

Er sieht mich an und lächelt dabei so unschuldig, wie er es auch als Jugendlicher getan hatte. Es will einfach nicht in meinen Kopf, dass ausgerechnet er ein Mörder ist.

„Mach mich los Florian, und wir suchen dir einen guten Anwalt“, schlage ich mit sanfter Stimme vor.

Er fängt lauthals an zu lachen und wirft den Kopf in den Nacken.

„Franzi, Schätzchen, so gut kann kein Anwalt sein, dass er mich bei einem Dreifachmord rausboxen könnte. Nein, ich habe keine Wahl.“

Florian legt seine Hand an meine Wange und streichelt zärtlich mit seinem Daumen über meine Unterlippe. Die Situation ist so surreal, dass ich hoffe, es wäre vielleicht nur ein Albtraum. Doch als seine Hand tiefer wandert und er mit seinen Fingerspitzen über meinen Hals streichelt, wird mir klar, dass ich mich inmitten der Realität befinde. Einer ganz schrecklichen Realität!

„Dabei habe ich mir seit unserem ersten Wiedersehen vorgestellt, wie es wäre …“

Er bricht seinen Satz ab, allerdings legt er nun seine Finger um meine Kehle und drückt zu, was die Aussprache seiner Fantasien unnötig macht. Dieser Mistkerl zeigt sie mir!

Während er den Druck erhöht und es sich anfühlt, als würde sich ein Schraubstock um meine Kehle pressen, jagt eine weitere Panikwelle durch mich hindurch. Mit aller Kraft schwinge ich meine gefesselten Füße hoch und schlage sie gegen Florians Kopf.

Leider konnte er mein Vorhaben offensichtlich frühzeitig erkennen, denn mit einer schnellen Bewegung duckt er sich weg, so dass ich nur noch seine Stirn leicht streife. Definitiv zu wenig, um ihn auszuknocken. An seinen Augen erkenne ich jedoch, dass es reicht, um ihn richtig wütend zu machen.

„Du versuchst mich tatsächlich zu schlagen?“, fragt er grimmig und schlägt mir mit seiner Hand ins Gesicht.

Der Schmerz durchfährt mich wie ein Blitz, während mein Kopf zur Seite geschleudert wird. Ich sehe Sterne und für einen Moment verschwimmt mein Sichtfeld und ich kann Florian nur noch sehr undeutlich erkennen.

Es dauert eine Weile, bis das immense Pochen auf meiner rechten Seite des Gesichtes wieder etwas nachlässt und sich meine Sicht klärt. Doch gerade als ich diese Qual überstanden habe, schließt Florian wieder seine Hand um meine Kehle und drückt erneut zu.

Diesmal fester und obwohl ich versuche mich mit aller Kraft zu wehren, kann ich in diesem hilflosen Zustand nichts ausrichten. Der Sauerstoff wird knapp und ich keuche angestrengt, während es mir nicht mehr gelingt, Luft in meine Lunge zu transportieren.

Florian starrt mich an und seine Mundwinkel heben sich zu einem abscheulichen, völlig irren Grinsen. Dieser Mann hat vollkommen den Verstand verloren und in diesem Moment wird mir klar, dass mein letztes Stündchen geschlagen hat.

Ich werde hier und jetzt sterben!

18. Kapitel

27. auf 28. Juni, mitten in der Nacht in Oberhunding

Das Flimmern vor meinen geöffneten Augen verstärkt sich und ich kann nur noch Schemen wahrnehmen. Lediglich die Deckenlampe kann ich als runde Lichtquelle ausmachen, alles andere verschwimmt zu einer einfarbigen Masse.

Ich spüre, wie sich in meinen Gliedmaßen eine eisige Kälte ausbreitet und mir fehlt nun die Kraft mich noch zu bewegen. So fühlt es sich also an, wenn man stirbt. Tatsächlich glaube ich zu spüren, wie das Leben regelrecht aus meinem Körper weicht. Ich bin gefangen in einer Hilflosigkeit, da kein einziger Muskel in mir mehr zu funktionieren scheint.

Dann plötzlich ist der Druck auf meine Kehle mit einem Mal verschwunden und instinktiv ringe ich nach Luft. Das Atmen fällt mir schwer und es schmerzt regelrecht. Es fühlt sich an, als müsste meine Luftröhre erst wieder zu ihrer ursprünglichen Form zurückkehren.

Ich höre eindeutige Kampfgeräusche und darunter auch ein schmerzerfülltes Stöhnen, bei dem ich vermute, dass es aus Florians Kehle kommt. Als meine Atmung endlich wieder einigermaßen funktioniert, klärt sich auch meine Sicht.

Es ist Sebastian, der Florian überwältigt hat und ihn mit dem Polizeigriff auf den Boden presst, während er ihm Handschellen anlegt. Noch nie zuvor war ich so froh, ihn zu sehen. Keine Ahnung woher er wusste, wo ich bin aber so wie es aussieht kam er gerade noch rechtzeitig, um zu verhindern, dass Florian, dieser Psychopath, mir das Licht für immer ausknipst.

Ich höre Polizeisirenen und ein paar Sekunden später erscheinen bereits die Kollegen im Zimmer und führen Florian ab. Sebastian kommt auf mich zu und bindet mich los. Während er meine Fesseln löst, ist seine Miene wie versteinert.

Er ist offensichtlich stocksauer auf mich. Vermutlich, weil ich Florian im Alleingang observiert habe. Woher hätte ich auch wissen sollen, dass dieser zuvorkommende, nette, höfliche Traumtyp ein absoluter Irrer ist?

„Das nenne ich Timing“, murmle ich mit heiserer Stimme, die ich vermutlich Florians Übergriff zu verdanken habe.

„Was hast du dir eigentlich dabei gedacht?“, ruft er plötzlich aufgebracht. „Hast du völlig den Verstand verloren alleine bei einem Serienmörder einzubrechen? Hat man dir denn in der Polizeischule überhaupt nichts beigebracht?“

Noch nie habe ich Sebastian so wütend erlebt und ich bin nicht sicher, ob es sinnvoll ist ihn weiter zu reizen. Leider habe ich nicht genügend Kontrolle über mein vorschnelles Mundwerk.

„Florian war ein guter Freund, ich habe einfach nicht geglaubt, dass er wirklich ein Mörder sein könnte. Zuerst wollte ich Gewissheit haben, dann hätte ich dich schon eigeweiht."

Ich reibe meine Handgelenke und setze mich auf, als ich endlich von den Fesseln erlöst bin. Anschließend greife ich nach meiner Waffe auf dem Nachttisch und stecke sie zurück in den Holster.

„Wäre vielleicht etwas schwierig geworden, so tot wie du gewesen wärst!"

Er schreit mich an und plötzlich kommt Sebastian mir riesengroß und drohend vor, wie er da so vor mir steht, während ich auf dem Bett sitze, wie ein Häufchen Elend. Seine Hände hat er in die Seiten gestemmt und auf seiner Miene spiegelt sich eine Mischung aus Verzweiflung und Panik. Sein Blick ist starr auf meinen Hals gerichtet.

Kann es sein, dass er sich wirklich große Sorgen um mich gemacht hat? Dabei kann er mich doch gar nicht ausstehen!

„Woher wusstest du eigentlich, dass ich hier bin?"

„Ich habe dein Handy geortet, als du meine Nachrichten und Anrufe ignoriert hast."

„Und da bist du davon ausgegangen, dass Florian mich in seiner Gewalt hat? Immerhin hätte ich mich ja auch einfach so privat mit ihm treffen können."

Seine finsteren Blicke durchbohren mich und das Funkeln in seinen Augen nimmt ein bedrohliches Maß an.

„Sag einfach DANKE!“, knurrt er, bevor er sich abwendet und aus dem Zimmer stürzt.

In diesem Moment kommt ein Notarzt in das Zimmer und geht vor mir in die Hocke. Er fängt an meinen Hals zu untersuchen, stellt mir Fragen die ich völlig abwesend beantworte, während meine Gedanken ausschließlich um das Geschehene kreisen.

Wäre Sebastian nicht rechtzeitig gekommen, wäre ich jetzt tot und Florian hätte mich vermutlich ebenfalls irgendwo im Wald entsorgt. Übelkeit steigt plötzlich in mir auf und ich fühle mich regelrecht zum Kotzen.

Die Striemen an meinen Hand- und Fußgelenken zeigen deutliche Scheuerspuren und beweisen, welchem Todeskampf ich ausgesetzt war. Ich möchte gar nicht wissen, wie mein Hals aussieht, denn anfühlen tut er sich einfach nur schrecklich.

Jede Schluckbewegung, jedes Wort, ja selbst jeder Atemzug schmerzt und macht mir deutlich, wie verdammt knapp es für mich war. Ganz plötzlich beginne ich am ganzen Körper zu zittern und Tränen schießen mir in die Augen. Ich schluchze unkontrolliert und bin nicht in der Lage meine Emotionen in den Griff zu bekommen. Beinahe panisch versuche ich die Tränen zurückzuhalten und wische mit meinen Handrücken über die feuchten Wangen.

„Der Schock lässt nach, ich gebe Ihnen ein Beruhigungsmittel, anschließend nehmen wir Sie mit ins Krankenhaus“, sagt der Mann, der mich behandelt.

Ich kann sein Gesicht nicht sehen, denn ein Schleier aus Tränen versperrt mir die klare Sicht. Der Emotionscocktail, der sich in meinem Inneren abspielt ist unbeschreiblich. So scheiße habe ich mich noch nie in meinem Leben gefühlt.

Der Gedanke alleine im Krankenhaus zu liegen, macht dieses Gefühl nicht besser. Erneut bricht Panik in mir aus, wenn ich nur daran denke, alleine in diesem kalten, sterilen Raum zu liegen.

„Nein, ich möchte nicht ins Krankenhaus, ich will nach Hause“, schluchze ich.

Dennoch breitet sich plötzlich eine behagliche Wärme in mir aus, was vermutlich dem Beruhigungsmittel geschuldet ist, welches der Arzt mir verabreicht hat.

„Wir müssen Sie noch untersuchen“, sagt der Kerl hartnäckig.

„Es geht mir gut!“

„So siehst du aber nicht aus!“, wirft plötzlich Sebastian ein.

Mir ist gar nicht aufgefallen, dass er zurückgekommen ist. Nun lehnt er im Türrahmen und sieht mich mitleidig an. Ich bin nicht sicher, was schlimmer ist. Sein Mitleid oder die vorige Standpauke.

„Es sind nur die Nerven, das dauert nicht lange. Außerdem hasse ich Krankenhäuser und wenn ich in ein solches Krankenbett muss, ohne dass man mich vorher betäubt, werde ich wahnsinnig. Ich werde Zuhause gut umsorgt. Meine Oma und die Mama sind die besten Krankenschwestern."

„Das stimmt allerdings. Was meinen Sie Doc, kann ich sie nach Hause fahren?", fragt Sebastian und ich bin verwundert, dass er mir nach allem hilft.

Eigentlich hätte ich erwartet, dass er kommentarlos das Weite sucht und mich hier alleine zurücklässt. Immerhin habe ich nach seiner Meinung den absoluten Vogel abgeschossen und er hat mich deutlich spüren lassen, was er von meinen Taten hält. Doch nun scheint seine Wut etwas verflogen zu sein, ansonsten würde er sicherlich nicht anbieten, dass er mich nach Hause begleitet.

„Das Beruhigungsmittel sollte die nächsten Stunden dafür sorgen, dass Sie ruhig schlafen können und offensichtlich haben Sie bis auf eine Kehlkopfreizung und einigen Blutergüssen nichts abbekommen. Dennoch sollten sie für einen Tag zur Beobachtung ins Krankenhaus gehen."

„Siehst du, alles halb so schlimm", werfe ich ein und ignoriere den letzten Satz des Arztes einfach.

„Du bist wirklich unverbesserlich", murmelt Sebastian kopfschüttelnd und tauscht mit dem Arzt missbilligende Blicke aus. „Also gut, ich fahre dich heim.“

Seine Worte lassen mich innerlich erleichtert aufseufzen. Für ein paar Sekunden schließe ich meine Lider und stoße angespannt den Atem aus. Anschließend stehe ich auf, um Sebastian nach draußen zu folgen. Leider gehorchen mir meine Muskeln nicht ganz so, wie ich das erwartet habe und ich gerate ins Wanken.

Sofort ist der Arzt und auch Sebastian zu Stelle und sie stützen mich, als wäre ich eine alte hilflose Oma.

„Das liegt am Beruhigungsmittel. Die Wirkung ist ziemlich stark“, klärt der Arzt mich auf. „Wollen Sie nicht doch lieber …“

„Nein“, unterbreche ich ihn entschlossen und werfe Sebastian einen beinahe flehenden Blick zu.

Er rollt genervt mit den Augen und stößt frustriert den Atem aus, als er sich vorbeugt und mich kurzerhand auf seine Arme hebt. Während er mich die Treppe nach unten trägt und zu seinem Wagen bringt, wird mir klar, dass ich in seiner Schuld stehe. Mehr als mir lieb ist!

Und ich bin ziemlich sicher, dass er mich das sehr lange wird spüren lassen!

19. Kapitel

28. Juni, mittags halb eins in Oberhunding

Meine Mama umsorgt mich liebevoll, so als wäre ich schwerkrank. Nur beim Essen mästet sie mich, wie eine Weihnachtsgans und verzichtet auf leicht Kost. Ich kann mich nicht mehr daran erinnern, wie ich in mein Bett gekommen bin. Aber laut meiner Mama, hat Sebastian mich erneut getragen. Das Beruhigungsmittel hatte mir auf der Autofahrt hierher regelrecht das Licht ausgeknipst und ich habe geschlafen wie eine Tote.

Wenn ich bedenke, dass ich beinahe tatsächlich tot gewesen wäre, schlucke ich schwer. Als ich pappsatt bin und mich meine Blase drückt, schlage ich meine Bettdecke zurück und hieve mich aus dem Bett.

„Soll ich dir helfen?“, fragt meine Mama besorgt und ganz plötzlich fühle ich mich wieder zurückversetzt in meine Kindheit.

Ich schüttle lächelnd den Kopf.

„Danke Mama, aber es geht schon. Das Beruhigungsmittel habe ich vermutlich schon abgebaut und ich fühle mich auch schon wieder viel besser und kräftiger.“

Nur meine Stimme hört sich noch immer kratzig an und auch mein Hals hat sich noch nicht vollständig von den Strapazen erholt. Im Flur, treffe ich auf Michi, der mich mit weit aufgerissenen Augen ansieht, bevor er seine Arme um mich schlingt und mich mit einem Ruck an sich zieht.

Erneut bekomme ich keine Luft, aber diesmal liegt es an der Umarmung meines Bruders, mit der ich überhaupt nicht gerechnet habe. So emotional kenne ich ihn gar nicht.

„Du hast uns einen Mordsschrecken eingejagt!“, murmelt er und wenn ich es nicht besser wüsste, würde ich denken, er kämpft mit den Tränen.

„Michi, lass sie los. Du erdrückst sie ja!“

Meine Mama zerrt an Michis Schulter und als er mich wieder freigibt, hole ich tief Luft, um meinen Sauerstoffgehalt wieder aufzufüllen. Während mein Bruder die Treppe hinuntergeht, verschwinde ich im Badezimmer.

Der Blick in den Spiegel lässt mich erschaudern. Florians Handabdrücke sind sehr deutlich auf meinem Hals zu erkennen. Sie leuchten in einer Mischung aus rot und blau. Auch meine Handgelenke weisen diese Farbveränderungen auf. Dort habe ich sogar Schürfwunden davongetragen. Dann ist da noch das leuchtende Veilchen um mein Augen, welches ich vermutlich der heftigen Watschn zu verdanken habe.

Am Nachmittag gehe ich nach draußen, setze mich auf die Hausbank und lasse mir die Sonne ins Gesicht scheinen. Die Wärme breitet sich auf meiner Haut aus und vertreibt meine innere Kälte.

Als ein Auto in den Hof fährt, öffne ich meine Lider. Sebastian steigt aus und kommt auf mich zu. Diesem Mann verdanke ich mein Leben und diesen Umstand wird er mir vermutlich in den nächsten Sekunden um die Ohren hauen.

„Wie geht es dir?“, fragt er mich, während er sich neben mich auf die Bank setzt.

„Ich lebe noch“, murmle ich mit einem schwachen Lächeln.

Ich warte darauf, dass er mich darauf hinweist, dass ich es ihm zu verdanken habe. Doch er schweigt. Plötzlich verspüre ich den Drang es ihm zu sagen. Es zuzugeben und auszusprechen, dass ich ihm mein Leben verdanke! Ich habe keine Ahnung warum, doch wenn er es nicht anspricht, muss ich es tun.

„Das verdanke ich dir!“

„Komm schon Huberin! Das passt gar nicht zu dir“, entgegnet er, schließt seine Augen und hebt sein Gesicht zum Himmel, als würde er ebenfalls die Sonne auf der Haut genießen.

„Was?“, frage ich irritiert.

„Diese Unterwürfigkeit.“

„Das ist keine Unterwürfigkeit, sondern Dankbarkeit! Warum wundert es mich nicht, dass du diese beiden nicht unterscheiden kannst.“

Genervt stoße ich den Atem aus. Was bildet sich der Kerl eigentlich ein? Gerade als ich angefangen habe, ihn nicht mehr ganz so sehr zu verachten, was vermutlich damit zusammenhängt, dass er mir den Arsch gerettet hat, benimmt er sich wieder wie das verfluchte Arschloch, das er immer ist. Und Schwups bin ich wieder das lebende Pulverfass!

„Wer hätte gedacht, dass ich das noch erleben darf", grinst er frech. „Die Huber Franzi gibt zu, dass sie falsch gehandelt hat."

„Ich habe mit keinem Wort etwas zugegeben! Du bist so ein arroganter Arsch!"

Er lacht laut auf und verschränkt sichtlich zufrieden seine Arme vor der Brust. Wäre ich ihm nicht etwas schuldig, würde ich ihn jetzt vom Hof werfen. So jedoch, dulde ich ihn noch eine Weile. Schweigend sitzen wir nebeneinander, während ich nun ebenfalls den Kopf in den Nacken gelegt habe und mir die Sonne ins Gesicht scheinen lasse. Ich verspüre eine unangebrachte Vertrautheit zu Sebastian, die ich absolut nicht verstehen kann.

Auch wenn ich ihn ohne Ende nervig finde, muss ich gestehen, dass ich ihm vertraue. Kein Wunder, er hat sich mein Vertrauen redlich verdient.

„Ich war mir so sicher, dass er nicht der Täter ist", gestehe ich nach einer Weile.

„Klar, weil du nicht mit deinem Hirn gedacht hast, sondern scharf auf den Kerl warst. Dabei wird uns Männern immer nachgesagt, unser Gehirn würde ab und an in die Hose rutschen."

Erneut entlasse ich ein entnervtes Stöhnen, denn seine Sprüche sind echt ätzend. Leider muss ich zu meiner Schande gestehen, dass sogar ein Funken Wahrheit darin liegt, was mich letztendlich daran hindert, ihm eine spitze Antwort vor die Füße zu knallen.

„Ich habe gecheckt, ob ein weiterer Wagen auf ihn zugelassen ist." Ich versuche mein augenscheinlich blindes Vertrauen zu erklären.

„Das Tatfahrzeug hatte er auf seine Mutter angemeldet. Die wusste jedoch nichts davon."

„Scheiße!"

Daran hatte ich natürlich nicht gedacht. Was vermutlich daran liegt, dass ich es einfach nicht sehen wollte. Ich war so vernarrt in den Gedanken, dass Florian zu den Guten gehört, dass ich alle Warnsignale einfach ausgeblendet habe.

„Na ja, jetzt ist der Fall ja geklärt und ich kann zurück nach München gehen."

Ich spüre, wie sich Sebastian neben mir bewegt und öffne meine Lider. Er mustert mich mit zusammengezogenen Augenbrauen, während er seine Lippen nachdenklich verzieht.

„Warum bleibst du nicht hier? Wir könnten Verstärkung gut gebrauchen."

Meint er das tatsächlich ernst oder zieht er mich nur wieder auf? Ich sehe ihn mit zusammengekniffenen Augen vorwurfsvoll an.

„Was? Ich meine das ernst!“, sagt er schulterzuckend, als könnte er meine Zweifel von meinem Gesicht ablesen.

„Das kann ich dir doch nicht antun“, antworte ich nach einer Weile und meine Mundwinkel zucken belustigt bei der Vorstellung, wie wohl unser Arbeitsalltag aussehen würde.

„Vermutlich würdest du mich regelmäßig in den Wahnsinn treiben und ich hätte alle Hände voll zu tun, dir regelmäßig deinen hübschen Arsch zu retten, aber ich würde es riskieren.“

Erneut suche ich nach Hinweisen seiner Ernsthaftigkeit in seiner Miene und tatsächlich macht er nicht den Anschein, als würde er die Worte nicht so meinen. Sein Verhalten irritiert mich und ich bin nicht sicher, wie ich mit dieser Seite von Sebastian umgehen soll. Daher versuche ich wieder in unser altes Verhaltensmuster zurück zu gelangen.

„Dir gefällt also mein Hintern“, grinse ich.

„Ich habe schon Schlimmere gesehen!“

Ich versetze ihm mit meinem Ellbogen einen Stoß in die Rippen, was ihm einen spitzen Schrei entlockt, bevor er erneut verschmitzt lächelt. Nach einer Weile des Schweigens, schüttle ich schmunzelnd den Kopf.

„Ich muss zurück nach München. Mein Freund ist nicht so der Typ fürs Ländliche.“

Sein verschmitztes Grinsen verschwindet und er nickt verständnisvoll.

„War nur ein Angebot. Vielleicht kommst du ja irgendwann darauf zurück.“

Er steht auf und als mir klar wird, dass sich hier und jetzt unsere Wege trennen, verspüre ich sowas wie Bedauern. Dafür, dass ich diesen Kerl seit meiner Jugend verachte, fällt es mir nun überraschend schwer ihn ziehen zu lassen.

Vielleicht liegt es auch einfach daran, dass ich sein Angebot vielleicht sogar überdenken würde, wenn Manuel nicht wäre. Immerhin gefällt mir das Landleben besser, als ich früher vermutet hatte. Auch wenn ich es nie wirklich wahrgenommen habe, ein bisschen Heimweh hat mich all die Zeit in München geplagt.

„Mach´s gut, Huberin!“

20. Kapitel

29. Juni, nachmittags halb fünf in München

Der Abschied fiel mir tatsächlich schwerer als all die anderen Male zuvor. Dieses Mal fühlte es sich nämlich nicht nur wie ein Besuch an, sondern vielmehr wie ein nach Hause kommen. Nun den Hof meiner Eltern wieder zu verlassen, ist erneut, als würde ich ausziehen. Tatsächlich ist es das erste Mal, dass ich ernsthaft überlege ob es eine so gute Idee war nach München zu gehen.

Doch für diese Zweifel ist jetzt kein Platz mehr. Ich habe mir dort ein Leben aufgebaut. Nicht nur der Job ist es, der mich dort hält. Vor allem meine Beziehung mit Manuel macht mein Leben dort aus. Alleine die Vorstellung, ihn in einem zweitausend Seelen Dorf, zwischen Mistgabeln und Traktoren zu sehen, entlockt mir ein Schmunzeln.

Spätestens bei einem Besuch seiner Eltern, würde die Situation vermutlich eskalieren. Ach, mache ich mir nichts vor. Keine zwei Tage würde Manuel ohne die Großstadt überleben. Soweit, dass seine Eltern zu Besuch kommen, würde es gar nicht kommen.

Vorher hätte er längst schon das Weite gesucht. Doch ich kann mich nicht einmal darüber beschweren. Immerhin habe ich ihn als

Stadtmenschen kennengelernt und er hat niemals einen Hehl daraus gemacht, dass dies seine Welt ist.

Daher darf ich mich wohl auch nicht wundern, dass er mich all die Tage noch nicht einmal bei meinen Eltern besucht hat. Dabei wäre es wirklich langsam an der Zeit ihn vorzustellen, damit meine Oma nicht mehr so tut, als wäre er mein Hirngespenst.

Manuel müsste noch bei Gericht sein und ich habe vor ihn mit einem schönen Abendessen zu überraschen. Auch wenn meine Kochkünste sich in Grenzen halten, für Spaghetti Bolognese sollte es reichen. Außerdem sollte die Überraschung, dass ich wieder da bin reichen, um von eventuellen kulinarischen Unfällen abzulenken.

Ich sperre die Wohnungstür auf und stutze, als ich Geräusche vernehme, die aus dem Inneren kommen. Da ich sehr sicher bin, dass Manuel noch in der Arbeit sein müsste, ziehe ich meine Waffe und schleiche mich durch die Wohnung. Vielleicht ertappe ich ja einen Einbrecher auf frischer Tat.

Die Laute kommen aus dem Schlafzimmer und hören sich nach einem Stöhnen an. In mir breitet sich ein unangenehmes Gefühl aus. So, als hätte ich eine dunkle Vorahnung.

Ich schlucke schwer, als ich mich der Schlafzimmertür nähere und die Geräusche immer eindeutiger werden. Der bittere Geschmack von Säure liegt auf meiner Zunge, als mir klar wird, dass ich hier sehr wohl jemanden auf frischer Tat ertappe, dies jedoch wohl nichts mit einem Verbrechen zu tun hat.

Die Tür ist nur angelehnt und ich schiebe sie langsam auf. Als erstes sehe ich Manuels nackten Arsch und ich lasse die Hand mit meiner Waffe sinken, wobei ich versehentlich an den Türrahmen stoße und meine Anwesenheit verrate.

Abrupt hält Manuel mit seinen rhythmischen Bewegungen inne und wirbelt seinen Kopf zu mir herum. Das Entsetzten steht ihm ins Gesicht geschrieben und ich frage mich, wie meine Miene nun aussieht.

Ich kann noch nicht einmal sagen, welche Emotionen und Gefühle sich in mir tummeln, denn im Moment fühle ich mich einfach nur wie ein stiller Zuschauer in einem Theaterstück. Es ist so irreal!

Ich habe schon oft daran gedacht, wie es wohl sein würde seinen Partner in flagranti beim Fremdgehen zu erwischen und ich war mir immer ziemlich sicher, dass ich vor Wut toben würde.

Doch so ist es nicht. Ich spüre rein gar nichts!

Ich kippe meinen Kopf nach links, um eine Sicht auf seine Bettgespielin zu haben. Für ein paar Sekunden schließe ich meine Lider und schüttle den Kopf. Ich kenne die Richterin, die da splitterfasernackt mit gespreizten Beinen unter meinem Freund liegt. Ob ihr Ehemann von ihrem Verhältnis mit einem Staatsanwalt weiß?

„Franziska, was machst du denn hier?“, fragt Manuel panisch, während er sich von seinem Betthäschen löst und hektisch die Decke um seine Lenden wickelt.

Als hätte ich ihn noch nie nackt gesehen!

„Die Frage ist wohl vielmehr, was du hier machst!“, entgegne ich vorwurfsvoll.

Irritiert sehe ich zur Richterin, die völlig entsetzt auf meine Hand starrt. Ich folge ihrem Blick und erst jetzt fällt mir auf, dass ich noch immer die Waffe in der Hand halte. Vermutlich denkt sie, ich könnte völlig austicken und sie im Affekt abknallen.

Auch wenn ich dafür vermutlich mildernde Umstände erhalten würde, werde ich ganz sicher nicht für sie oder diesen Mistkerl in den Knast gehen. Die beiden sind es einfach nicht wert. Daher stecke ich meine Waffe zurück in das Holster, woraufhin sich beide sichtlich entspannen.

„Ich kann es dir erklären“, antwortet Manuel sichtlich nervös.

„Wohl eher nicht!“

Ich wende mich ab, denn diesen Anblick muss ich mir nicht eine Sekunde länger geben.

„Warte!“, ruft er mir hinterher und ehe ich es mich versehe, watschelt er mir auch schon hinterher.

Ich werfe einen Blick über die Schulter zu ihm zurück und frage mich, was ich all die Zeit an ihm gefunden habe. Nun kommt er mir plötzlich wie ein kleines Kind vor, das hinter seiner Mami herläuft, weil er etwas angestellt hat, das ihr nicht gefällt.

Nein, es gefällt mir nicht, was er getan hat. Allerdings bin ich keineswegs seine Mutter und muss ihm daher nicht verzeihen. Auch nicht, wenn er mit leidender Miene vor mir steht und mich beinahe flehend ansieht.

„Es war nur ein Ausrutscher. Versteh doch, ich fühlte mich alleine, weil du so lange weg warst."

Abrupt bleibe ich stehen und wirble zu ihm herum. Im letzten Moment stoppt auch er und es bleibt mir erspart, dass er mit seinem, in die Bettdecke gehüllten, Körper gegen mich stößt.

„Willst du damit jetzt sagen, es wäre meine Schuld, dass du mit einer anderen ins Bett steigst?", schreie ich ihn an.

Offensichtlich ist er sich da nicht ganz sicher oder zumindest wagt er es angesichts meines Wutausbruchs nicht, diese Behauptung laut auszusprechen. Nun ist sie doch da, die verdammte Wut. Sie rauscht durch meine Adern und lässt das Blut in mir regelrecht brodeln.

Es ist aber nicht der Seitensprung, der mich wütend macht, denn der lässt mich kälter, als es in einer funktionierenden Beziehung vermutlich normal ist. Vielmehr bringt mich Manuels Verhalten zur Weißglut.

„Vergiss es einfach! Du bist die Aufregung gar nicht wert."

Mit diesen Worten drehe ich wieder ab und steuere auf die Wohnungstür zu. Je schneller ich hier raus bin, desto besser. Ich habe absolut keinen Bock eine Sekunde länger, als unbedingt nötig mit ihm zu verbringen.

„Gibt uns noch eine Chance!“, ruft er mir nach, als ich die Klinke bereits in der Hand halte.

Ohne ein weiteres Wort schüttle ich einfach nur den Kopf. Ich bin nicht sicher, ob der Kerl tatsächlich erwartet, dass ich ihm das verzeihe!

So blöd kann er doch unmöglich sein. Er weiß doch, wie verflucht wichtig mir Vertrauen und Treue in einer Beziehung sind.

Ich drücke die Klinge und öffne die Tür, kurz bevor ich sie hinter mir schließe, höre ich erneut seine Stimme.

„So einen wie mich findest du nie wieder!“

Ich lache hellauf los und kann nicht anders, als doch noch einmal einen Schritt zurückzumachen. Als unsere Blicke sich kreuzen heben sich seine Mundwinkel zu einem Lächeln, welches eine Mischung aus Zufriedenheit, Bitte und Falschheit ausstrahlt. Er denkt vermutlich tatsächlich, dass er die Partie des Jahres ist. Dabei ist er nicht mehr als ein verzogener Wurm, der absolut nichts wäre, ohne seine reichen Eltern.

„Na das will ich auch schwer hoffen!“, antworte ich und genieße noch einen kurzen Moment, wie ihm seine Gesichtszüge entgleisen.

Ungläubig, ja beinahe entsetzt sieht er mich an, bevor ich mich endgültig abwende und verschwinde. Mit einem lauten Knall lasse ich die Tür ins Schloss fallen und mache mich auf den Weg zurück nach Hause.

Zurück zu Mamas Rockzipfel, wo ich mich von dem harten Leben der Großstadt erholen kann. Auf dem Heimweg kann ich nicht verhindern, dass sich ein paar Tränen aus meinen Augenwinkeln lösen.

Diese sind vermutlich mehr der Wut geschuldet, als der Traurigkeit. Dennoch kann ich nicht leugnen, dass tiefe Enttäuschung an mir nagt. Ich hätte es Manuel niemals zugetraut, dass er mich so schamlos betrügt.

Als ich nach einer endlos erscheinenden Autofahrt endlich ankomme, hole ich tief Luft, bevor ich aussteige. Die letzten Tage haben mir einiges abverlangt. Erst werde ich fast umgebracht und dann erfahre ich, dass meine Beziehung eine einzige Lüge war.

Dabei war mein Leben bisher eigentlich ziemlich langweilig und ohne größere Zwischenfälle. Auf beide Vorkommnisse hätte ich jedoch gut und gerne verzichten können!

Meine Mama öffnet die Haustür, noch bevor ich diese erreiche. Offensichtlich hat sie mich schon kommen hören. Sie sieht mich überrascht an und es dauert nur einen Bruchteil einer Sekunde, bis sie die Situation offensichtlich richtig erkennt.

Vermutlich bin ich doch verheulter, als ich dachte!

Ihre Miene ändert sich zu einem mütterlichen Ausdruck, gepaart mit einem kleinen Seufzer. Anschließend schlingt sie ihre Arme um mich und drückt mich an ihre Brust. Es tut gut und auch wenn ich längst meinen Kinderschuhen entwachsen bin, kann ich nicht leugnen, dass die Mütterlichkeit auch heute noch viele Probleme kleiner zu machen scheint.

„Männer!“, murmelt sie mit schnalzender Zunge, während sie behutsam meinen Kopf streichelt.

Als ich mich von ihr löse, ergreift sie meinen Oberarm und zieht mich durch die Tür.

„Oma, setz den Kaffee auf und hole den Zwetschgendatschi aus der Speisekammer!“, ruft sie durch das ganze Haus.

Anschließend senkt sie ihre Stimme und wendet sich wieder an mich.

„Den habe ich ganz frisch gemacht, du wirst sehen, nach einem großen Stück davon, sieht die Welt schon wieder ganz anders aus!“

Meine Mama!

Wie immer löst sie die Probleme mit Essen und heute bin ich allzu gern bereit, diesen Lösungsvorschlag anzunehmen!

ENDE

Impressum

Elisa Lark
c/o Werneburg Internet Marketing und Publikations-Service
Philipp-Kühner-Straße 2
99817 Eisenach

E-Mail: elisa-lark@freenet.de

Vielen Dank,

für den ehrlichen Erwerb meines Buches. Ich hoffe du hattest Spaß und wurdest von Franzis erstem Fall gut unterhalten.

Falls dir die Geschichte gefallen hat und du dir die Zeit nehmen würdest eine Rezension zu schreiben, würde ich mich sehr freuen.

Deine Elisa Lark

Glossar

Watschn	Ohrfeige
Zug´reister	Dorfbewohner, der ursprünglich aus einer anderen Stadt kommt und nicht im Dorf aufgewachsen ist.
Grantler/in	schlecht gelaunter Mann/Frau
Bulldog	Traktor
Geh´ ma!	Aufforderung gemeinsam zu gehen. (Wörtlich übersetzt: Lass uns gehen!)
fesch	hübsch
Madl	Mädchen/junge Frau

g´schleckert	anspruchsvoll, nichts ist gut genug
Goaßmaß	Mischung aus dunklem Bier, Cola und Kirschlikör. Alles zusammen in einem Maßkrug serviert.
ansitzen	Bezeichnung für das Warten auf dem Hochsitz, bis das Wild erscheint.
Bratzen	abwertendes Wort für Hände/Finger
Auszog´ne	Ausgezogene Krapfen/Küchle. Ein Hefeteig, wahlweise mit Rosinen, der in kleine Rundlinge geformt und anschließend so mit den Händen gezogen wird, dass in der Mitte der Teig nur noch sehr dünn und der Rand dicker ist. Anschließend werden die Teiglinge im Fett ausgebacken.

Wenn ihr wissen wollt, wie es der Huberin in Zukunft in Oberhunding ergeht und ob es weitere Mordfälle in dem beschaulichen Ort geben wird, dann haltet die Augen nach dem zweiten Fall der Huber Franzi offen.

Das Böse schläft nie …

In diesem Sinne, bis zum nächsten Mal!

Die Huberin hat für ihren Manuel ein Ausfüllbuch gezaubert, um ihm ihre Liebe zu gestehen. Jetzt, da er sie so schamlos hintergangen hat, braucht sie es nicht mehr und würde sich freuen, wenn es von euch jemand gebrauchen könnte.

Erhältlich nur bei amazon:

Ich liebe Dich!
Ausfüllbuch von Elisa Lara:

Und falls ihr noch ein Geschenk für die Mama braucht, welches diese zu Tränen rührt, dann könnt ihr hier ein Ausfüllalbum erwerben, das ein ganz besonderes Geschenk für eure Mama sein wird.

Erhältlich nur bei amazon:

Mama, ich liebe Dich!
Ausfüllbuch von Elisa Lara:

Printed in Poland
by Amazon Fulfillment
Poland Sp. z o.o., Wrocław

29881675R00095